ESCEPTICISMO FILOSÓFICO

Benito Jerónimo Feijoo

1. Hay tanta latitud en el Escepticismo, y son tan diferentes sus grados, que con este nombre, según la varia extensión que se da a su significado, se designan el error más desatinado, y el modo de filosofar más cuerdo. El Escepticismo rígido es un delirio extravagante; el moderado una cautela prudente. Pero los que en este siglo tomaron el empeño de impugnar a los Escépticos más moderados, no sé si por ignorancia, o por malicia, confunden uno, y otro. La ignorancia en esta materia es tan grosera, que me persuade a que sea por malicia; y la malicia es tan detestable, que me persuade a que sea por ignorancia.

2. Aunque la voz Griega Scepsis (de donde vienen Scéptico, y Scepticismo) significa inquisición, investigación, especulación, &c. ya el uso ha alterado algo la significación de estas voces. Por lo cual hoy Escéptico significa lo mismo que Dubitante, y Escepticismo aquella profesión particular, que hacen los Escépticos de dudar, y suspender el asenso en las materias controvertibles, o disputables.

3. Esta duda, o suspensión de asenso puede ser más, o menos racional, según la mayor, o menor extensión que se le da, y según las materias a que se aplica. Así como dudar de muchas cosas es prudencia, dudar de todas es locura.

4. Aunque comúnmente los Escritores nos representan algunos sutiles Filósofos de la antigüedad obstinados en suspender el asenso a cuanto les proponía, o la razón, o el sentido, y acérrimos defensores del Escepticismo universal sin excepción alguna; para mí es harto dudoso, que éste fuese su verdadero sentir; antes creeré, que por ostentar su ingenio en la disputa, o por otro motivo hablaron diferentemente que sentían. En este número son singularmente señalados Arcesilao, Carnéades, y Pirrón. Pero el primero, si creemos a Sexto Empírico, era Escéptico sólo en la apariencia, y Platónico en la realidad, observando el método de disputar problemáticamente de todo en público, sugiriendo al mismo tiempo en secreto la doctrina Platónica a los discípulos que hallaba más capaces. Cicerón dice, que el ardor de impugnar en todo a su condiscípulo, y émulo Zenón le condujo al temoso empeño de refutar contra su propia mente cuantos dogmas se le proponían. A que podemos añadir, que según el testimonio de Diógenes Laercio nunca llegó Arcesilao al extremo de negar el asenso al informe de los sentidos; antes despreciaba con irrisión a los que ponían el Escepticismo en este punto.

5. De Carnéades, Filósofo sutilísimo, y Orador eminente en tan alto grado, que Cicerón en varias partes habla de él con admiración, y envidia, y asegura, que con la agudeza de su ingenio, y torrente de su facundia persuadía a todos sus oyentes cuanto quería, dicen Numenio, y Quintiliano lo mismo; esto es, que el prurito de disputar, y la ambición de ostentar su agudeza en la impugnación de los más constantes axiomas, y de cuantas especies ministran los sentidos, le hizo parecer Escéptico rigurosísimo. Lo que podemos asegurar es, que si una historieta que refiere Numenio, es verdadera, Carnéades creía a sus ojos tanto como otro cualquiera hombre. Fue el caso, que habiendo sorprehendido a una concubina suya en los brazos de su querido discípulo Mentor, ofendido de la alevosía de éste, rompió para siempre con él, y le excluyó de la sucesión en la Academia. ¿Cómo entonces no dudó como buen Escéptico si era ilusión de la vista la representación de aquella obscenidad? Yo pienso que hasta ahora no hubo Escéptico alguno en el mundo, que puesto en la misma prueba mantuviese indiferentes la mente, y el corazón.

6. De Pirrón, el más famoso entre los Escépticos, tanto que obscureciendo en algún modo a los demás, dio su nombre al sistema de la duda universal, y a los Sectarios de él, pues hoy aquél se llama Pirronismo, y éstos Pirronianos, se dice comúnmente, que estaba tan fuertemente encaprichado de la suspensión de asenso a lo mismo que veía, y palpaba, que ni se apartaba, aunque viese venir derecho a su encuentro un caballo desbocado, o un perro rabioso, ni suspendía el paso aun cuando advertía, que caminaba a un precipicio; y que mil veces hubiera perecido en estos riesgos, si sus amigos, velando a su seguridad, no le hubieran apartado de ellos. En medio de que esta especie está muy vulgarizada, no sé que entre los antiguos Escritores haya otro fiador de ella más que Antígono Caristio, Historiador Griego, coetáneo, o próximo a la edad de Pirrón; por lo menos el eruditísimo Lamota Levayer le cita como único por ella. Y aun de Antígono Caristio dudo que la dé asertivamente, porque en Eusebio (de Praeparat. Evang. lib. 14, cap. 18), se halla citado este Autor para un hecho contradictorio a aquella noticia; y es, que en una ocasión yendo a acometer un perro a Pirrón, éste huyó, y se subió a un árbol para evadir el peligro: sobre cuyo asunto hicieron burla de él los que estaban presentes, dándole en rostro con la discrepancia, que observaban entre su modo de obrar, y su doctrina.

7. Pero diga lo que quisiere Antígono Caristio (Autor que no he visto), u otro cualquiera, que acredite aquella noticia: sin miedo de ser injustos, condenaremos como increíble el que llegase a tanto la extravagancia de Pirrón. Este Filósofo vivió noventa años, y en tan dilatada edad no es verosímil que lograse siempre la asistencia de sus amigos, para librarle de tantos riesgos como precisamente habían de ocurrir a un hombre de tan temeraria conducta, y singularmente en el largo viaje que hizo a la India para consultar a los Gimnosofistas. Diógenes Laercio, que es quien nos da noticia de la larga edad de Pirrón, y de su viaje a la India, nos asegura también, que era Pirrón de genio sumamente solitario, lo cual no es muy compatible con estar siempre cercado de sus amigos: ni es admirable que no tuviese muchos, ni muy finos un hombre tan ridículo. En fin los Ciudadanos de Elide, patria suya, le erigieron Pontífice Supremo de su Religión. ¿Cómo es creíble que fiasen este empleo a un hombre que justísimamente debían tener por fatuo, si su

Escepticismo llegase al grado que hemos dicho? Donde también es de notar, que este hecho le absuelve de la nota de impiedad, que comúnmente le imponen, pues no le habían de entregar sus compatriotas el soberano ministerio de la Religión, si conociesen que no profesaba Religión alguna, o que dudaba de la existencia de la Deidad. ¿Qué devoción, o celo se puede esperar para el servicio del Templo, de quien ignora, o duda si existe el objeto del culto?

8. No sólo de los Filósofos dichos, pero ni de otro alguno creo que siguiese de corazón el sistema de la duda universal: porque hay objetos hacia los cuales es implicatoria la duda. Nadie puede dudar de su propia existencia. La misma duda es objeto de un conocimiento cierto, pues el que duda, ciertamente sabe que duda. Y si los Escépticos no tenían certeza de que dudaban, ¿cómo lo afirmaban con tan increíble tesón? Así se debe hacer juicio, que no por dictamen, sí por juego de disputa, defendían algunos el Escepticismo universal. Y si hubo alguno que verdaderamente asintiese a él, no debe considerarse como Filósofo, sino como fatuo; y este modo particular de filosofar, impropiamente se puede llamar tal, debiendo a justa razón llamarse un modo particular de delirar.

9. Es, pues, creíble, que aquellos Escépticos más rígidos, que verdaderamente, y de corazón lo eran, ponían algunas excepciones a la universalidad del sistema, o entendía éste en algún determinado sentido que le limitaba. Sócrates, a quien algunos consideran primer padre de los Escépticos, decía de sí, que no sabía cosa alguna, sino precisamente el que todas las cosas ignoraba. Esto ya era poner alguna limitación, aunque muy menuda. Pero yo pienso que Sócrates, que naturalmente era modesto, sólo quería decir que era muy poco lo que sabía, y esto lo explicaba hiperbólicamente, diciendo que todo lo ignoraba. San Justino Mártir, y otros Padres que elogiaron altamente a aquel Filósofo, no lo hubieran hecho, si le tuviesen por Escéptico rígido, que es lo mismo que por impío; pues quien duda de todo, es evidente que no profesa Religión alguna; y bien lejos de eso es muy probable que los Atenienses le condenaron a muerte sólo por el motivo de que afirmaba la existencia de una Deidad única. A lo menos es cierto, que hacía irrisión de la multitud de Dioses del Gentilismo; por consiguiente ya sabía la importantísima verdad de que la Deidad es inmultiplicable.

10. Otros Escépticos, que decían, que de todo dudaban, y que de todo se debía dudar, acaso no excluían toda certeza, sí sólo certeza científica, y demostrativa, la cual, exceptuando el objeto de las Matemáticas, se debe confesar, que en muy pocas cosas las hay. Aun muchas demostraciones matemáticas, especialmente las muy compuestas, no son incompatibles con el miedo, o duda refleja de si

hay en ellas alguna oculta falencia, por lo cual dejen de ser verdaderas demostraciones. ¡Cuántos presumieron haber demostrado la Cuadratura del Círculo, cuyos discursos, mirados después con más riguroso examen, se hallaron envolver algún sofisma, o algún supuesto, que se daba por evidente, no siéndolo! Las demostraciones geométricas, con que se prueba la infinita divisibilidad de la cantidad continua, son bastantemente simples, no obstante lo cual no faltan Autores, que por hacérseles imperceptible la divisibilidad infinita de la cantidad, recelan que hay alguna oculta sofistería en ellas.

11. Otros negaban la fe al informe de los sentidos; pero no tan groseramente, que no usasen de él para dirigir las acciones comunes de la vida humana, y civil. Gobernábanse por él para vivir, mas no para filosofar. La representación de los sentidos les servía para buscar lo útil, y huir de lo nocivo; mas no para determinar por ella la teoría del objeto.

12. Los fundamentos que señalan para esta desconfianza de los sentidos, pueden reducirse a tres. El primero es la distinción, que debe concederse entre la impresión que hacen los objetos en el sentido, y el ser absoluto que tienen en sí mismos. Pongamos un ejemplo: Decimos que es amarga la cicuta. Si por esta expresión queremos significar que esta hierba hace en nuestro paladar tal determinada impresión, o sensación, a quien llamamos amargura, decimos bien; pero si queremos decir, que ella en sí misma tiene una cualidad absoluta, a quien damos el mismo nombre, decimos mal; pues si fuese así, cuantos animales gustan la cicuta, la hallarían amarga; lo cual no sucede, pues las Cabras la comen, y encuentran gustosa. Del mismo modo discurren los que van por este camino, en orden a todas las demás especies sensibles. El fuego (dicen) produce en nosotros aquella especie de impresión que llamamos calor; mas no por esto se debe discurrir que tiene calor en sí mismo: Así como avecindándose mucho, produce dolor en nosotros, sin tener dolor en sí mismo; y así como por esta razón no se debe llamar el fuego dolorido, sino cuando más, dolorífico, tampoco debe llamarse cálido, sino calorífico; y sólo podrá decirse cálido equívocamente, como se dice sana la Medicina, porque causa la sanidad en el animal.

13. Esta distinción es la máxima fundamental, en que estriban los Filósofos modernos para negar cuantas cualidades sensibles ponen los Aristotélicos en los objetos; de suerte, que resueltamente te dirán, que ni la nieve es blanca, ni el carbón negro, ni la campana sonora, ni el clavel fragrante, si entiendes estas denominaciones como intrínsecas, o como provenientes de alguna cualidad, o forma accidental intrínseca que haya en los objetos; y sólo te las concederán en cuanto significan unas determinadas impresiones, que mediante el físico, y corpóreo impulso de las partículas insensibles de la materia, resultan en nuestros órganos; las cuales del mismo modo sirven para buscar lo útil, y huir lo nocivo, que aquellas otras formas intrínsecas. Tanto huirán los hombres de comer el arsénico, creyendo a los modernos que este mineral mata, disolviendo la textura de la sangre con el movimiento rápido de sus partículas, como creyendo a Aristóteles, que todo el daño viene de una cualidad venenosa, existente en el arsénico: y tanto buscarán el oro, creyendo a los modernos que aquella brillante amarillez no es otra cosa que una impresión determinada, que hace en la retina la luz, de tal modo particular reflejada por la particular textura de las partículas insensibles del oro, que creyendo a Aristóteles que es una forma accidental intrínsecamente inherente al mismo oro. Bien sé que poco ha dijo un discreto, que las Damas debían estar muy quejosas de Descartes, porque les quitó de la cara aquella blancura que tanto les agracia, por ponerla en los ojos del que las mira. Pero esto es bueno sólo para chiste; siendo cierto que igualmente bien puestas quedan para la estimación, causando aquella agradable estampa en los ojos, con la particular reflexión que da a la luz la determinada textura de las partículas insensibles del cutis de la cara, que produciéndola con la cualidad intrínseca, en que constituyen los Aristotélicos la razón de color. Y no sé que hasta ahora la Filosofía Cartesiana haya servido a nadie de preservativo contra aquel dulce veneno, que llamamos hermosura.

14. El segundo motivo para desconfiar del informe de los sentidos, es la experiencia de las alteraciones que ocasionan en las especies sensibles, o la interposición del medio, o la diferente disposición del órgano. La especie que pasando por medio uniforme, u homogéneo, representa recta la vara, en virtud de la refracción, que padece pasando del agua al ambiente, la representa torcida. El que padece icterícia todo lo ve de color flavo; y aunque es verdad que éste es un accidente preternatural, no sabemos, si prescindiendo de toda disposición morbosa, hay en varios individuos diferente temperie, y configuración, bastante a inducir diferentes sensaciones, respecto de un mismo objeto. Y parece lo más probable ser así; pues en todo lo que está patente a la observación, no vemos individuo alguno que sea perfectamente semejante a otro. Ya se han visto hombres, en quienes el ojo derecho representaba los objetos, o con diferente color, o con desigual magnitud que el izquierdo.

15. El tercer fundamento para dicha desconfianza es la errada representación de la imaginativa, la cual figura como existentes las sensaciones externas de los objetos que no hay. Al que le cortaron una pierna le representa su imaginativa la sensación de dolor, como existente en la pierna, y pie, que ya no tiene. Al maniaco, que juzga ser de vidrio, o de barro, o ser lobo, o ser perro, se le representan esas formas peregrinas, como evidentemente manifestadas por sus propios sentidos; de suerte, que el que se imagina de vidrio, jura con invencible seguridad, que ve en sí la transparencia, y palpa la lisura, propias de aquel compuesto artificial.

16. Este error es común a todos los hombres en los desvaríos del sueño; pues el que sueña, cree percibir con los sentidos los objetos que sólo percibe con la imaginación. De aquí forman los Escépticos más rígidos un argumento molestísimo para probar que de todo se debe dudar; porque, dicen, nadie tiene certeza de si duerme, o vela: luego nadie puede tener certeza de si ve, oye, o palpa estos, o aquellos objetos; pues por más que juzgue que está velando, puede ser que esté durmiendo, y que se le represente como visto, u oído lo que es sólo imaginado. Yo (pongo por ejemplo) contemplo que ahora estoy escribiendo, y leyendo lo mismo que escribo. ¿Pero qué certeza puedo tener de que escribo, y leo? ¿No he soñado mil veces que estaba escribiendo, y leyendo? Entonces se me representaban estos ejercicios, no como soñados, sino como real, y actualmente practicados: luego puede suceder ahora lo mismo.

17. He dicho, y con razón, que este argumento es molestísimo, porque cualquiera cosa que se responda se tiene siempre sobre los brazos al contrario, insistiendo con igual fuerza que al principio. Por lo menos hasta ahora no he visto dar a él solución alguna, que quiebre poco, o mucho su fuerza. Dicen, y dicen bien, que prueba demasiado, porque envuelve en la misma duda todos los Dogmas sagrados de la Religión. Es así; pues el que llegue a dudar, si cuanto ve, y oye es una mera representación de la imaginativa, necesariamente ha de comprehender en ésta toda la instrucción que ha tenido en las materias de Religión. ¿Pero de qué nos servirá esta instancia contra un Escéptico, cuyo intento quizá es destruir la misma Religión, que se le pone delante como escudo? Y aun cuando

no arguya con esa depravada intención, sí sólo por juego, o por vana ostentación de su habilidad, apretará sobre que se le responda, y no se gaste el tiempo en instarle el argumento, pues las instancias, por buenas que sean, no son respuestas.

18. Es cierto que hay algunas verdades a quienes la seguridad que el entendimiento tiene de ellas, no exime de padecer difíciles objeciones; o por mejor decir, no hay verdad alguna tan constante contra quien no pueda armarse algún enredoso sofisma. Por eso no es justo en todas ocasiones desamparar una máxima, cuya verdad se percibe claramente, sólo porque no se puede responder a un argumento. Hay verdades de tal naturaleza, que las alcanza cualquier entendimiento ordinario; y para responder a algún argumento, que se puede hacer contra ellas, es necesario un discurso sutilísimo. Aun cuando, pues, no acertásemos a disolver el argumento, con que los Escépticos nos quieren poner en la duda de si estamos velando, o durmiendo, no debemos abandonarnos a ella, sino mantenernos en la firme persuasión en que estamos. Pero a la verdad no es tal aquel argumento que no se le pueda dar clara, sólida, y desembarazada respuesta.

19. Para lo cual supongo lo primero, que la evidencia puede ser de dos maneras, o mediata, o inmediata. Es una proposición evidente con evidencia inmediata, cuando por sí misma, sin el adminículo de prueba alguna, se presenta con tal claridad al entendimiento, que éste está precisado con invencible necesidad a asentir a ella. Es una proposición evidente con evidencia mediata, cuando por sí misma no se representa con toda esa claridad; pero se infiere necesariamente de otra proposición, que es evidente por sí misma.

20. Supongo lo segundo, que la evidencia inmediata debe dividirse en metafísica, y experimental. Aquélla es propia de los principios universales, los cuales por sí mismos persuaden invenciblemente al entendimiento como éstos: El todo es mayor que su parte. Dos proposiciones contradictorias no pueden ser a un tiempo verdaderas, &c. La evidencia experimental es propia de algunas verdades singulares, que a cada individuo constan con infalible certeza, como a mí ahora el que tengo tal, o tal deseo, que pienso en tal, o tal cosa, que padezco algún dolor, que estoy poseído de algún afecto determinado, v.gr. gozo, tristeza, ira.

21. Que hay esta evidencia experimental respecto de algunas cosas pertenecientes a cada individuo, nadie puede negarlo; pues aunque alguno quisiere dar a su Escepticismo toda la extensión imaginable, y se empeñase en dudar de todo, le quedaría la evidencia experimental de que dudaba. Donde noto, que entre los Cartesianos es de tanto momento la evidencia experimental, que ponen dependientes de ella todas las evidencias metafísicas; pues aquella primera máxima, o proposición, yo pienso, de donde infieren inmediatamente la propia existencia, y mediatamente todas las demás verdades demostrables, no consta sino con evidencia experimental.

22. También es cierto, que de las verdades que constan con evidencia experimental, no puede darse razón alguna demostrativa, por lo menos de las que llaman los Lógicos a priori. La razón es, porque se hacen evidentes por sí mismas, o con evidencia inmediata, y no por otras de donde se infieran. Por lo cual, aunque yo tengo ahora (v.gr.) evidencia de que apetezco tal, o tal cosa, a nadie podré persuadírselo con demostración alguna; porque esto me consta, no por algún principio notorio a todos los hombres, de donde se infiera la existencia de tal apetito; sino porque el apetito mismo está íntimamente presente a mi espíritu, con tal claridad, que no puedo dudar de su existencia. Lo mismo sucede en las verdades que constan con evidencia metafísica inmediata. Si me preguntan de dónde sé que el todo es mayor que su parte, responderé, que no lo sé por otro principio antecedente de donde lo infiera, sino porque esta verdad, el todo es mayor que su parte, con tal claridad se representa en mi mente, que es incompatible con la duda, como la luz del Sol con las tinieblas de la noche. Si alguno me niega, que dos proposiciones contradictorias no pueden ser a un tiempo verdaderas, será imposible probárselo, no sólo a priori, pero ni aun a posteriori. La razón es clara; porque lo más que podré hacer, si quiero arguirle, es estrecharle a una contradicción, reduciendo, como dicen los Lógicos, per impossibile, que es el último término de la Dialéctica. Pero se ve aquí que en llegando a este estrecho, me concede uno, y otro extremo de la contradicción, pretendiendo, en consecuencia del primer capricho, que ambos son verdaderos. ¿Con qué he de probar que no pueden serlo? No hay otro medio que el axioma, de que dos proposiciones contradictorias no pueden ser a

un tiempo verdaderas. Pero esta es petición de principio; y es probar lo que se me niega con la misma proposición que es asunto de la disputa.

23. En los supuestos que acabamos de hacer está ya descubierta la solución al argumento de arriba. Digo, pues, que yo (y lo mismo todos los demás) tengo evidencia experimental de que estoy velando ahora: porque el estado de vigilia, el cual consiste en la próxima, y última disposición de potencias, y sentidos para ejercitarse en sus propias operaciones, es un objeto que por sí mismo se representa a mi mente con tal claridad, que aunque quiera no puedo dudar de su existencia. Ni del asenso que doy a esta verdad se me puede pedir otra razón, ni yo puedo darla: así como no puedo dar otra del asenso que presto a un primer principio, o a la existencia de algún afecto, en que de presente se está ejercitando mi alma.

24. No disimularé, no obstante, que aun dada esta respuesta, queda pendiente una grave dificultad, la cual propongo de este modo. Esta persuasión, que llamamos evidencia experimental, es falaz; pues cuando dormimos, y soñamos, tenemos la misma persuasión de que estamos velando, y se nos representan nuestros sentidos como puestos en actual ejercicio; de tal modo, que si entonces nos ocurriese hacer reflexión sobre este asunto, concebiríamos, que teníamos evidencia experimental de que hablábamos, veíamos, oíamos, &c. Luego el concepto reflejo, que hago yo ahora, de que tengo evidencia experimental de que estoy velando, discurriendo, y escribiendo, no me da seguridad alguna de que sea así.

25. Esto es cuanto se puede apretar la materia. Para cuya solución digo, que aquella persuasión que tenemos de que velamos cuando soñamos, dista mucho de la que tenemos de que velamos cuando realmente velamos. Esta es una persuasión clara, firme, resuelta, invencible, cual se necesita para constituir evidencia experimental; de tal modo, que por más reflexiones que hagamos, y por más que queramos proponernos dificultades, y dudas, siempre subsiste constante aquel asenso, y persuasión. Al contrario, la que hay durante el sueño es obscura, flaca, titubeante; lo cual se conoce evidentemente en que si en el discurso del sueño ocurre la reflexión dudosa de si es sueño, o realidad lo que representa la imaginativa,

flaquea el primer asenso; y el que sueña, o asiente a que sueña, o duda, o si todavía cree que es realidad, no es con un asenso resuelto, y firme, sino algo medroso, y lánguido. A mí me sucede muchas veces hacer en sueños esta reflexión dudosa de si duermo, o no; y nunca deja de lograr uno de los dos efectos, u de certificarme de que es sueño, u de hacerme suspender el asenso. Y aseguro, que a cualquiera que insistiere por algunos momentos en proponer a sí mismo esta duda cuando sueña, le sucederá lo mismo.

26. De la misma solución se podría usar, si el argumento se formase sobre los delirios de los maniáticos. Cualquiera que habiendo perdido el juicio, después le recobra, halla una gran diferencia en cuanto a la persuasión, y claridad entre los dictámenes que forma en el estado de sanidad, y los que tenía cuando estaba loco. Los maniáticos rara vez hacen reflexión alguna, ni sobre el estado en que tienen el espíritu, ni sobre el asunto de la manía: pero cuando la hacen, cejan poco, o mucho de sus aprehensiones; de lo que tengo algunas experiencias. Ya me sucedió reducir a fuerza de vivas representaciones a algunos maniáticos a dudar de la verdad de sus imaginaciones, y últimamente a desengañarse de ellas: entre ellos a una Religiosa, loca en extremo desde muchos años antes, cuya vida se consideraba en peligro, aunque verdaderamente no le había: siendo llamado para administrarla los Sacramentos, la puse en estado de pleno conocimiento para recibir el de la Penitencia. Esto se consigue proponiéndoles varias razones, y discursos, que los lleven al desengaño, hasta que se encuentre con alguno proporcionado a la naturaleza, y estado de su mente para hacer brecha en ella: en que se ha de atender principalísimamente a que la energía de la voz, la vivacidad de los ojos, y la eficacia de la acción den impulso a las reflexiones con que se procura su ilustración, para que se impriman altamente en su cerebro; pero esto ha de ser sin irritarlos, y variando los tiempos hasta encontrar rato oportuno, porque no en todos tienen el espíritu igualmente indócil. Es verdad que el desengaño no dura mucho, y luego vuelven a sus imaginaciones; pero suele importar mucho una hora de juicio, como en la Religiosa de que hemos hablado.

27. La delicadeza, y curiosidad del asunto me han detenido en él, no la necesidad; pues estoy tan lejos de temer que los argumentos que se proponen a favor del Escepticismo universal, le persuadan

efectivamente, que antes juzgo que hasta ahora no hubo hombre alguno que asintiese a él.

28. Las limitaciones, con que puede mitigarse el Escepticismo rígido, son innumerables: por consiguiente el Escepticismo será más, o menos absurdo, según las varias excepciones con que se corrija. Esta es una materia tan dilatada, que para discurrir en ella con alguna exactitud apenas bastaría un gran tomo. Y así paso a tratar del Escepticismo estrechado a la línea física, que es el asunto que me he propuesto en este discurso.

29. Siempre me he admirado, y no acabo de admirarme, de que haya Filósofos en este tiempo, que impugnen como un error al Escepticismo físico: mucho más, que le impugnen como error peligroso para los dogmas de la Fe. Ni comprehendo cómo esto pueda dejar de nacer, u de una crasa ignorancia, u de una maliciosa astucia, salvo cuando la impugnación caiga sobre algún Escéptico, que por no explicar líquidamente su sentir, dé lugar a que se tome en ajeno sentido su opinión.

30. Lo que afirma el sistema Escéptico físico es, que en las cosas físicas, y naturales no hay demostración, o certeza alguna científica, sí sólo opinión. Por consiguiente a la Filosofía natural no se debe dar nombre de ciencia; porque verdaderamente no lo es, sí sólo un hábito opinativo, o una adquirida facilidad de discurrir con probabilidad en las cosas naturales. Tomamos aquí la ciencia en el sentido en que la tomó Aristóteles, y con él todos los Escolásticos que la definen, un conocimiento evidente del efecto por la causa. Por lo cual no excluímos la certeza experimental, o un conocimiento cierto, adquirido por la experiencia, y observación de las materias de Física; antes aseguramos, que éste es el único camino por donde puede llegar a alcanzarse la verdad; aunque pienso que nunca se arribará por él a desenvolver la íntima naturaleza de las cosas.

31. Tampoco negamos, que en orden a los objetos físicos, puedan proferirse muchas proposiciones deducidas con infalible certeza de principios metafísicos: como de este principio, el todo es mayor que su parte, evidentemente se infiere que el hombre es mayor que su cabeza: y de éste, el obrar se sigue al ser, se infiere que mi padre existía cuando me engendró. Pero éstas, y otras innumerables demostraciones de este jaez no dan conocimiento alguno físico; porque no declaran poco, o mucho la naturaleza de los mismos entes que tienen por objeto. ¿Qué digo yo declarar la naturaleza de los entes? Ni aun manifestarle al entendimiento alguna verdad, que no alcance el hombre más rústico del mundo. De modo, que las conclusiones silogísticas sobre verdades infalibles, que tanto jactan los Filósofos escolásticos, no hacen otra cosa que explicar por circumloquios, y con voces facultativas lo mismo que derechamente alcanza, y naturalmente explica cualquiera racional, que nada haya

estudiado. ¿Ni cómo pueden llamarse demostraciones aquellas que nada demuestran; esto es, nada manifiestan, sino lo que sin ellas era manifiesto? Dirá el Lógico (pensando que dice algo), que se debe artificiosamente por medio de la demostración lo que sin ella no se sabía artificiosamente. Pero yo repongo, que ese artificio es totalmente inútil; pues ni me manifiesta alguna verdad ignorada, ni me hace conocer con mayor claridad, o evidencia lo mismo que antes sabía; siendo cierto que el rústico con tanta firmeza asiente, y con tanta claridad y evidencia conoce, que todo el árbol es mayor que una rama suya, sin artificio alguno lógico, como yo con todo el armatoste de mi silogismo. Si a un hombre, que anda bien, y con buen aire, se empeñase un docto en enseñarle a andar científicamente, embutiéndole todas las reglas del movimiento, instruyéndole en la particular aplicación de ellas a cada uno de los miembros del cuerpo, explicándole el número, y textura de los músculos que sirven a aquel ejercicio, ¿no diríamos que se tomaba un trabajo, sobre prolijo ocioso, y excusado, siendo cierto, que el discípulo no había de andar mejor después de toda esa doctrina, que andaba antes? Pues ello por ello.

32. Entiendo el asunto en la forma que le hemos explicado, firmo por conclusión, que no hay ciencia, o certeza alguna científica en las materias de Física. Probó esta conclusión ab authoritate abundantísimamente el Doctor Martínez en el segundo Tomo de Medicina Escéptica, conversac. 27, con varios lugares de la Escritura, y muchas sentencias de Padres. Como las Obras de este Autor se hallan fácilmente a la mano, se me excusará repetir aquí las autoridades de que usa, y sólo añadiré dos muy específicas, que él omitió. La primera es de mi Padre San Bernardo (in Cant. Cantic. serm. 33.) Así dice hablando de los Filósofos: Vagi sunt, nulla stabiles certitudine veritatis, semper discentes, & numquam ad scientiam veritatis pervenientes. Donde es de notar, que el Santo dice, que los Filósofos nunca llegan a alcanzar la ciencia de aquella misma verdad que buscan, y quieren aprender: Semper discentes. Lo que advierto, porque alguno no piense que habla de las verdades sobrenaturales, pues éstas no son objeto de la inquisición de los Filósofos. Tampoco se puede decir que habla de los Filósofos morales; pues éstos (aun incluyendo los Gentiles) muchas verdades alcanzaron con entera certeza dentro de su línea. Y cierto que si Aristóteles hubiera escrito con tanto acierto en la Física, como escribió en la Etica, no tuviéramos más que desear.

33. La segunda autoridad es de Lactancio Firmiano (hombre ilustre, y venerable en la Iglesia): este grande hombre (lib. 3. Div. Instit. cap. 4, 5, & 6) trata largamente del Escepticismo de Arcesilao, de quien hemos hablado arriba; e impugnando eficazmente a este Filósofo sobre el capítulo de la duda universal, concede abiertamente, que tendría razón, si limitase el Escepticismo a las materias de Física: porque de las causas, y razones de las cosas naturales no hay ciencia alguna, ni puede haberla: Quanto faceret sapientius, ac verius, si exceptione [308] facta diceret causas, rationesque dumtaxat rerum coelestium, seu naturalium, quia sunt abditae, nec sciri posse, quia nullus doceat; nec quaeri oportere, quia invenire quaerendo non possunt.

34. Algunos Escépticos prueban nuestra conclusión, porque las cosas físicas son singulares, y de los singulares no se da ciencia. Pero esta razón no me satisface. Lo primero, porque sin embargo de ser

singulares las cosas físicas, pueden abstraer de la singularidad en la consideración del Físico; así como aunque todo ente real es singular, abstrae de la singularidad el ente real en la contemplación del Metafísico. De hecho los Escolásticos con Santo Tomás dicen, que la Física abstrae de la materia singular, aunque no de la sensible, como la Matemática de la singular, y la sensible, aunque no de la inteligible; y la Metafísica de la singular, sensible, e inteligible. Lo segundo, porque el axioma de que de los singulares no se da ciencia, se debe entender con su grano de sal; esto es, de los singulares, según los predicados que convienen particularmente al individuo, y son accidentales a la especie; pues de los convenientes a la especie puede darse ciencia, aun en cuanto contraidos al individuo. Pongo por ejemplo: Si yo sé científicamente que el hombre, según su concepto común, es risible, también sé científicamente que Pedro es risible, pues en este silogismo: Todo hombre es risible, Pedro es hombre, luego Pedro es risible, supuesta la verdad de las premisas, la consecuencia es científicamente evidente. Lo tercero, porque si hubiera un Filósofo, el cual conociese evidentemente la naturaleza específica de todos los entes materiales, y de ella dedujese demostrativamente todas sus propiedades, y operaciones respectivamente a cada especie, dando de este modo razón a priori de todos los fenómenos naturales; no se podría negar, que tal Filósofo tenia ciencia física, sin embargo de ser objeto inmediato de su ciencia, no los individuos, sino las especies. Lo que se ha de probar, pues, es que en la Física no haya ciencia alguna, o conocimiento evidente de las materias que toca la misma Física, aun tomadas con abstracción de los singulares; y verdaderamente los Físicos dogmáticos quedarían muy contentos como les concediésemos este conocimiento; ni les daría cuidado el que les gritásemos que el conocimiento de los conceptos comunes es metafísico, y no físico: porque dirán (y dirán bien), que así la Física, como la Metafísica abstraen de la singularidad, y sólo se distinguen en que ésta mira su objeto debajo de mayor abstracción; esto es, de toda materia, considerando sólo aquellas razones, que pueden subsistir fuera de la materia, como son las de Ente, Substancia, Espíritu; al contrario la Física, sólo contempla los entes materiales, y corpóreos, siendo el concepto más alto que mira la razón de cuerpo, y el más bajo el concepto específico. Fuera de que el que aquel conocimiento se llame físico, o metafísico es cuestión de nombre. Lo que decide la cuestión es mostrar que no le hay, désele el nombre que quisiere.

35. ¿Pero qué cosa más fácil que probar esto? Discurro así: la Física contempla la naturaleza del ente moble; éste puede considerarse, o según el concepto específico, o según el genérico. Pretendo, pues, que nada se sabe ciertamente de la naturaleza del ente moble, ni según uno, ni según otro concepto.

36. Y empezando por el específico, ¿quién puede negar que éste en ningún ente se conoce? Desafío a todos los Filósofos sobre que me digan cuál es el constitutivo físico de alguna de tantas especies de substancias materiales como hay en este Universo, y elijan la que mejor hayan examinado. Admirablemente me vienen al propósito unas palabras de San Basilio (Epist. 168. ad Eunomium): Itaque qui se existentium scientiam assequutum esse gloriatur, exponat nobis quomodo, quod minimum esse eorum, quae in lucem prodierunt, natura habeat. El presuntuoso Filósofo, que se nos jacta de su ciencia física, explíquenos la naturaleza del más mínimo ente entre cuantos Dios ha criado. Díganos (añade poco después el mismo Padre), díganos cuál es la naturaleza de la hormiga el que nos hace ostentosa vanidad de haber penetrado las cosas naturales: Dicat formicarum nobis naturam, qui eorum, quae in natura sunt, scientiam cum fastu se praedicat assequutum. ¿Pero qué nos cansamos? No hay, ni hubo hasta ahora quien por medio de ciencia adquirida penetrase el constitutivo físico de substancia alguna viviente, o inanimada, no pudiendo pasar nuestra mente más allá de distinguir unas de otras por unos accidentes muy extrínsecos; y aun esto se tiene por propio de los que llaman Naturalistas, no de los que en las Escuelas gozan e carácter de Filósofos, los cuales se contentan con distinguir algunos pocos géneros (y aun esto con tanta infelicidad como veremos abajo); pero descendiendo a los conceptos específicos, está tan mísera, y encogida la Filosofía, que sólo se atreve a dar una imagen de definición a aquellas pocas especies de brutos, cuya voz designamos con algún nombre particular, explicando su concepto con una denominación tomada de la misma voz; así se dice el León animal rugible; el Perro animal latrable, y el Caballo animal hinnible, o relinchable; y siguiendo este método, los peces, porque son muchos, carecerán de definición.

37. No ignoran los Filósofos de la Escuela que éstas no son definiciones, sino una, como dije, imagen de definiciones, de que se sirven útilmente a falta de definiciones verdaderas, para explicar lógicamente qué cosa es definición, qué es especie, qué género, qué diferencia, y otras cosas pertenecientes a la Dialéctica. Y ya se ve, ¿qué otro concepto nos da del Caballo esta definición, animal hinnible, que aquél que tiene el más estúpido aldeano, y que éste explica mejor, y sin algarabía, diciendo que el Caballo es un animal que relincha, o puede relinchar? ¡Oh qué penetración tan filosófica de la naturaleza del Caballo!

38. Si alguno, no obstante, me quisiere replicar, que la naturaleza, como raíz de las operaciones, se debe explicar por el orden, o habitud a ellas; y así la del Caballo se define bien físicamente por el orden radical al acto de relinchar: si alguno, digo, me replicare así, le avisaré lo primero, que toda naturaleza substancial tiene su ser absoluto conceptible antecedentemente al orden a las operaciones, pues aquél es razón causal de éste; esto es, porque tal cosa tiene tal ser, por eso dice orden, y habitud a tales operaciones. Le avisaré lo segundo, que aun cuando se permita definirse bien la naturaleza por el orden preciso a la operación, no ha de ser en orden a cualquiera operación, sino a la operación primaria, y como característica del fondo de la especie, la cual ignoramos cuál sea. Pongo por ejemplo: si el hombre se define bien (como comúnmente se cree) por la racionalidad, o por la potestad radical de raciocinar, porque la raciocinación, o el discurso es la operación principalísima, o primaria del hombre; también el Caballo se debe definir por la habitud radical a aquel acto de percepción, instinto, o conocimiento propio de su especie, y distinto del de todos los demás animales. ¿Pero quién ha penetrado éste? O ¿quién ha conocido la íntima diferencia que hay entre el instinto del Caballo, y el del Perro? Y así como sería ridículo definir al hombre por el orden radical a la locución, diciendo que es un animal locutivo, porque el acto de locución es posterior al de inteligencia, y discurso, mucho más si se definiese por el orden a la voz que tiene, designándola con algún particular nombre, como la del Caballo se designa con el nombre de relincho: ni más, ni menos es ridículo definir al Caballo por el orden racional a relinchar. Le avisaré lo tercero, que si tales definiciones se admiten como legítimas, es una cosa baratísima el definir cualquiera compuesto substancial, porque no es menester más que observar

cualquiera operación suya, darle un nombre particular, y definirle por el orden a ella. Con esta instrucción sola, que se dé a un hombre del campo, se hará consumado Filósofo, pues podrá definir cuantas naturalezas hay en el Universo.

39. Estas reflexiones sólo pueden servir para convenver a uno, u otro Escolástico superficial, y bastardo; pues todos los capaces ya conocen, y confiesan que de ningún compuesto substancial sabemos la definición, exceptuando el hombre. ¡Oh, a qué límites tan estrechos está reducida nuestra Filosofía!

40. Pero la lástima es, que ni aun la definición recibida del hombre, que dice que es animal racional, tenemos certeza alguna que sea buena. Es cierto que no será buena, si conviene a otros que el hombre, y es dudoso si conviene a otros, o no. Para fundar, y persuadir esta duda, no me valdré, ni puedo, de la autoridad de Porfirio, que en el libro de los Predicable supone ser Dios animal racional; y así para distinguir de Dios al hombre, define a éste animal racional mortal, porque juzgó que sin la particula mortal convenía también a Dios la definición. Tampoco de la de Aristóteles, de quien Jámblico (lib. 2, de Secta Pythagorae) cita estas palabras: Animalis rationalis aliud quidem est Deus; alius autem homo. Pero podré para este efecto valerme de la autoridad de algunos Padres (entre ellos San Agustín), que afirmaron que los Angeles son corpóreos, o por lo menos dudaron de su incorporeidad: a cuya duda es consiguiente la de si el Angel es animal racional; pues para serlo nada le falta en suposición de ser corpóreo: por consiguiente es dudoso, si la definición de animal racional conviene solamente al hombre.

41. Diráseme que la sentencia de la corporeidad de los Angeles está condenada, o la incorporeidad definida en el Concilio Niceno segundo, y en el Lateranense cuarto. Pero a esto tengo dos cosas que replicar. La primera, que aunque es cierto, e innegable que los Angeles son incorpóreos, y afirmar lo contrario es erróneo; es algo dudoso si en aquellos Concilios se definió su incorporeidad, por cuanto, aunque se habló de ella, no fue de intento, sino por incidencia: excepción que ponen Teólogos insignes, previniendo que sólo se debe tener por definido en los Concilios aquello que los Padres van de intento a definir, no lo que con ocasión del asunto introducen, o suponen. Por cuya razón el doctísimo Cano (lib. 5, de Locis, cap. 5), dice, que la opinión de la corporeidad de los Angeles, aunque falsa, no es herética; y mucho antes Santo Tomás (quaest. 16,

de Malo, art. 1), había dicho que esta cuestión no pertenece a los Dogmas Católicos. A más se adelantó mi Padre San Bernardo, (lib. 5, de Considerat.) pues parece no le niega alguna probabilidad a la opinión de la corporeidad de los Angeles. Donde se debe advertir, que San Bernardo fue muy posterior al Concilio segundo Niceno, y Santo Tomás posterior, no sólo al Niceno, mas también al cuarto Lateranense. Con esto se ocurre también a la objeción que puede hacerse con algunos lugares de la Escritura, donde se da el nombre, o atributo de Espíritus a los Angeles: pues es cierto que los Padres que sintieron, o tuvieron por defensable que los Angeles son corpóreos, no ignoraban aquellos textos: cuya exposición, a la verdad, no es difícil, pudiendo decirse que les da ese nombre la Escritura, por ser sus cuerpos aéreos, o sutilísimos; pues por lo mismo da en varios lugares nombre de espíritu al aire: Spiritus procellarum: Advenientis spiritus vehementis, &c.

42. Lo segundo que tengo que replicar es, que supuesto que está definido que los Angeles son incorpóreos, esta verdad no nos consta por la Filosofía, sino por la Fe; y como del conocimiento de esta verdad depende asegurarnos si la definición animal racional no conviene también al Angel, se sigue que por la Filosofía sola nunca acertáramos a definir al hombre. Por consiguiente es tal nuestra Filosofía, que no nos da luz bastante para definir ente substancial alguno: pues de los demás, fuera del hombre, ya lo dejamos supuesto. ¿Qué Filosofía es ésta? Antes es una carencia total de Filosofía.

43. No sólo por parte de los Angeles, mas también por parte de los brutos tenemos motivo para dudar, si la definición animal racional conviene a otros que a el hombre. Si animal racional significa animal capaz de discurso, animales racionales son los brutos, en sentir de aquellos que les conceden raciocinación, y discurso, cuya sentencia esforzamos en el Discurso que trata de esta materia; y teniendo esta sentencia no leves fundamentos a su favor, ya queda algo dudoso, si la racionalidad es predicado diferencial, o propio solitariamente del hombre. Es verdad que aun en aquella sentencia se debe conceder, que la racionalidad del hombre es distinta, y de superior nobleza a la de los brutos; pero como en la definición no ponemos el carácter que la distingue, venimos a señalar por diferencia un concepto genérico.

44. Subiendo por el árbol predicamental de las especies a los géneros, no hallamos que vea más claro la Filosofía en éstos que en aquéllas. Igual ignorancia, igual incertidumbre. Si de algún género habíamos de tener científica certeza, sería de aquel debajo de quien estamos contenidos (esto es, el género de animal) por más inmediato, y porque empleamos en él la consideración más que en los demás. Animal llamamos aquella razón común que abstraemos del hombre, y de todas las especies de brutos terrestres, acuátiles, y volátiles. ¿Y qué sabemos del animal así tomado en común? Que es viviente sensible (ésta es la definición que le damos.) ¿Pero esto lo sabemos ciertamente? Nada menos. Está en duda si todo animal es sensible; y está también en duda si la razón de sensible conviene a otros entes fuera de los animales.

45. La primera duda fúndanla con su oposición, y argumentos los Cartesianos: los cuales pretenden que todos los brutos son máquinas inanimadas, y no hay ente alguno sensible fuera del hombre: por lo cual, en sentir de éstos, el ser sensible no es razón genérica, sino específica; esto es, propia en cuarto modo de la especie humana. Yo estoy bien persuadido a que es falsa la sentencia de los Cartesianos: pero no he encontrado hasta ahora argumento alguno evidente, o demostración con que convencerlos; ni nadie los convenció hasta ahora. Por otra parte, su fundamento principal no es tan débil, que no hayan dado que hacer con él a los más hábiles Aristotélicos. Ya veo que esto no quita que asintamos firmemente a la sensibilidad de los brutos. Pero no podemos gloriarnos de la evidencia, cuando la contraria opinión, además del fundamento en que estriba, tiene tantos partidarios, y entre ellos muchos de excelente sutileza. Y no hay que pensar, como he visto pensar a algunos, que todos los Cartesianos sienten otra cosa de lo que dicen en esta materia. Tan encaprichados están algunos de la insensibilidad de los brutos, como nosotros persuadidos de la sensibilidad. Pocos años ha ciertas Damas, que estaban viendo una corrida de Toros, se compadecían mucho de uno, a quien lastimaban con exceso los Toreros. Estaba cerca de ellas un Francés, Filósofo Cartesiano, el cual las aseguraba con la mayor eficacia del Mundo, que no tenían por qué condolerse, porque el Toro (decía el buen Cartesiano) juro a Dios, y esta Cruz,

que no siente más que este banco donde estoy sentado. No sé si las Madamas se lo creyeron; pero es cierto que muchos lo creen, como lo creía aquel Francés.

46. La segunda duda funda en primer lugar Campanella, el cual en varias partes de sus obras se esfuerza a probar con varios argumentos, que todas las cosas elementales son sensitiva. En segundo, y con más apariencia, aquellos Filósofos que conceden sentimiento a las plantas. Véase lo que sobre este particular decimos en el Discurso sobre la Racionalidad de los Brutos. Y para que esta opinión no les parezca del todo extravagante a los que siguen la sentencia común, bastará representarles, que Aristóteles no la tuvo por tal, antes patrocinó la duda; pues en el libro primero de Plantis dice, que no hay certeza alguna de que las plantas no estén dotadas de sentimiento, apetito, y conocimiento: Nec enim constat, habeant ne plantae animam, appetendique facultatem, doloris item & voluptatis, & rerum discretionis. En tercer lugar los Naturalistas, que fundados en experimentales observaciones, atribuyen sentimiento a algunas determinadas especies de plantas, a quienes por tanto llaman plantas sensitivas. Véase también sobre esto el Discurso alegado.

47. Si de nuestro propio género nada sabemos con certeza, ¿qué será de los extraños? El género más inmediato al nuestro es el de las plantas, y en éste, con estar tan cerca, nada vemos sino nuestra ignorancia; pues ni aun por sospechas nos atrevemos a señalar su diferencial constitutivo. No sólo está invisible éste a los ojos de la evidencia, pero impalpable a las tentativas de la opinión. Comúnmente definimos a la planta, tomada genéricamente, viviente insensible. Pero la voz insensible, que ponemos por diferencial, sólo significa carencia de sensibilidad; y un ente positivo, cual es la planta, no puede constituirse por una negación. Fuera de que, como vimos poco ha, es algo dudoso si las plantas son sensitivas, o no. Llamámoslas también vivientes vegetables. Pero en este concepto no señalamos a la planta alguna razón diferencial, respecto del animal, pues éste también es viviente vegetable. Si se me dice que la diferencia está en que la vida del animal es vegetativa, y sensitiva, y la de la planta puramente vegetativa; digo yo, que el adverbio puramente aquí no significa sino la carencia de vida sensitiva, que ponemos en el otro extremo; y la carencia no es constitutivo diferencial de un ente positivo. Ni aprovechará responderme, que es carencia de parte del modo de significar, no de parte de la cosa significada: pues mientras no se me señale cuál es esa cosa significada, quedamos totalmente a obscuras. Y también es falso, que esta carencia no se haya de parte de la cosa significada. Las expresiones negativas son positivas de parte de la cosa significada cuando niegan alguna imperfección en el objeto; porque la carencia de imperfección es carencia de carencia; siendo cierto, que toda imperfección consiste en carencia de perfección positiva: por cuya razón estas voces: Infinidad, Inmensidad, Indivisibilidad, aunque negativas de parte del modo de significar, son positivas de parte de la cosa significada. Pero la voz insensible, o insensibilidad, aplicada a la planta, significa carencia de perfección, y así es negativa, aun de parte de la cosa significada.

48. Fuera de esto es dudoso si las plantas son vegetativas; y también es dudoso si la vegetabilidad conviene también a piedras, y metales. Si consultamos sobre el punto a los Cartesianos, nos dirán, que todo lo que nosotros llamamos vegetación, o nutrición de las plantas es un puro mecanismo; y que la atracción del jugo nutritivo que les

atribuimos, es una solemne quimera. Si dejando a los Cartesianos, vamos a los Filósofos experimentales, hallaremos entre éstos muchos que nos dirán, que los metales, y las piedras crecen por vía de vegetación: sentencia que poco ha ilustró mucho Josef Pitton de Tournefourt, Naturalista celebérrimo de la Academia Real de las Ciencias, especialmente con las observaciones que hizo sobre los mármoles en la maravillosa cueva de Antiparos. Por lo que mira a los metales, véase lo que hemos dicho en el segundo Tomo, Discurso 14, Paradoja 10. Y júntese a los autos la autoridad de Aristóteles, que en el libro de Mirabilis auscultationibus dice, que en un territorio de la Isla de Chipre siembran el hierro, y crece como las plantas.

49. Ya que hice aquí memoria de Aristóteles, no omitiré una autoridad suya, que hace mucho al caso al asunto que voy siguiendo; porque desbarata enteramente el concepto recibido en las Escuelas, de que la razón de planta, y animal, son dos géneros adecuadamente diversos, y se distinguen en que el animal es viviente sensible, y la planta viviente insensible. Dice Aristóteles (lib. 1. de Plantis), que las Ostras, y demás peces testáceos son juntamente plantas, y animales: Scimus autem, quod conchylia animalia sunt cognitione carentia: quapropter plantae sunt & animalia. Pregunto ahora: ¿cómo una especie puede estar colocada debajo de dos géneros adecuadamente diversos? ¿Y cómo la Ostra puede ser juntamente sensible, e insensible? Pues como animal debe ser viviente sensible, y como planta viviente insensible. Ni puede decirse que Aristóteles, cuando dijo que la Ostra es planta, habló en sentido metafórico; porque éste es ajeno de un Filósofo, y sólo propio de Oradores, y Poetas. Fuera de que la causal que dio, muestra que hablaba en rigor filosófico; aunque yo verdaderamente no alcanzo quién le pudo revelar a Aristóteles que las Ostras, y otros peces testáceos carecen de aquel conocimiento que es propio de los brutos más estúpidos.

50. De los géneros ínfimos vamos al subalterno, que es la razón de viviente. ¿Qué es viviente, y qué es vida? Respóndennos las Escuelas, que la vida es movimiento ab intrinseco, y viviente lo que se mueve ab intrinseco; esto es, causa su movimiento con alguna facultad, o virtud intrínseca que tiene en sí mismo.

51. Esta definición padece mucho mayores dificultades que las antecedentes. Los Filósofos modernos todos están contra ella, aunque por distintos, y opuestos capítulos. Gasendo, el Padre Maignan, y los demás Atomistas atribuyen movimiento ab intrinseco a sus átomos; de cuyo dogma se sigue, que el movimiento ab intrinseco no es distintivo particular de los vivientes. Los Cartesianos están firmes en que ninguna cosa se mueve a sí misma; sí que todos los movimientos, que hay en el Universo, vienen de aquel impulso, que Dios dio al principio a la materia, el cual subsiste siempre, sin detrimento alguno, y en virtud de él se va comunicando el movimiento de unas partes a otras de la materia; de suerte, que todo lo que estando antes quieto empieza a moverse, recibe el movimiento de otro cuerpo, que antes se movía, y transfirió a él, o en parte, o en todo el movimiento. Por consiguiente dicen, que el hombre (que es el único viviente corpóreo que admiten) cuando se mueve, no causa con propiedad el movimiento en sus miembros, sí sólo dirige por su voluntad el movimiento, antecedentemente impreso por el impulso de otros cuerpos, a los espíritus animales.

52. No puede negarse, que esta doctrina se fortifica terriblemente con la célebre máxima de Aristóteles; Todo lo que se mueve es movido por otro. Pues aunque los Sectarios de la opinión común expliquen esta máxima de modo que no sea incompatible con la definición que dan de los vivientes, se sigue el inconveniente de que con la explicación se debilita la gran fuerza que tiene aquel axioma para probar la existencia de un primer motor inmóvil; porque suponiendo que el viviente se puede mover a sí mismo, no podemos establecer la necesidad del concurso divino a este mismo movimiento, sin suponer probada por otros capítulos la existencia del primer motor. Así parece que los Cartesianos pueden con alguna apariencia pretender que la Religión se interesa en entender el axioma con todo el rigor que ellos le entienden.

53. Mas sea lo que se fuere de esta dificultad, y de las demás, que los modernos consiguientemente a sus principios pueden oponer; dentro de la doctrina Aristotélica las hay gravísimas contra la definición dada de los vivientes. Los graves se mueven ab intrinseco, y no son vivientes. El fuego se mueve ab intrinseco, y no es viviente. El movimiento fermentativo, según la Física común también es ab intrinseco. Ya he advertido, y probado en otra parte (tom. 2, disc. 14, num. 30, y 31), que lo que dicen los Aristotélicos de ser movidos los graves por el generante, en la forma que esto se puede entender, se verifica del mismo modo en el movimiento de los vivientes.

54. No nos resta en el árbol predicamental otra cosa que considerar sino aquel concepto más alto adonde llega la Física, que es la razón de cuerpo; pero ¿adónde llega, dudando, como en todo lo demás? El cuerpo se divide en mixto, y elemental; y como aquél se compone de éste, es imposible sin saber cuál es el elemental, conocer cuál es el mixto. Ahora bien: ¿Quién sabe cuáles, y cuántos son los Elementos? A esta pregunta oigo responder de cuatro partes a cuatro sectas de Filósofos, atribuyéndose cada una este conocimiento con exclusión de las demás. Los Aristotélicos dicen que son Aire, Fuego, Tierra, y Agua. Los Químicos Sal, Azufre, Mercurio, Tierra, y Agua. Los Cartesianos la Materia sutil, la globulosa, y la otra más gruesa, que llaman tercer Elemento. Los Atomistas sus Atomos. Estas son las opiniones que están hoy válidas, dejando otras innumerables, que no lograron igual séquito. ¿Cuál de estas opiniones es la verdadera? Acaso ninguna. Por lo menos de cualquiera de ellas sólo una Secta dice que es verdadera, y tres dicen que es falsa: que es lo mismo que decir, que un testigo la justifica, y tres la condenan. Luego cualquiera Juez árbitro que se señale, a ninguna deberá favorecer en la sentencia; esto es, no podrá afirmar que alguna de ellas es verdadera.

55. Como el Teatro, ante quien propongo esta reflexión, es casi todo compuesto de Aristotélicos, oigo que me gritan, que contando por vocales los profesores, por su opinión están los más votos. Pero replico lo primero, que la pluralidad de Sectarios da mayor probabilidad extrínseca a una opinión, pero no certidumbre, ni aun probabilidad intrínseca; y la cuestión aquí no es si su opinión es más probable, sino si es cierta. Replico lo segundo, que es dudoso, si contando los profesores, que cultivan la Física en todas las Naciones, será mayor, o igual el número que sigue a Aristóteles al que le impugna; pues el que sólo los profesores Españoles se admitan a votar, no constando por instrumento alguno que Dios haya vinculado a nuestra Nación la Filosofía con exclusión de todas las demás a la herencia, no sé en qué derecho pueda fundarse. Dicen algunos de nuestros ancianos profesores que no se debe hacer caso de lo que dicen los Extranjeros, porque son noveleros. Pero al mismo tiempo los Extranjeros dicen que no se debe hacer cuenta de lo que defienden los Españoles, porque son testarudos, y no hay

evidencia, por clara que sea, que pueda apartarlos de las opiniones antiguas. A que añaden que en España no se sigue a Aristóteles por elección, sino por necesidad. Es menester un ánimo heróico para contradecir a Aristóteles, donde, sobre cualquiera que se le oponga, granizan al momento tempestades de injurias. Ni aun el ánimo heróico basta a los más; porque la obediencia los precisa a no apartarse del rumbo de su Escuela: lo que en parte se verifica también en las Naciones extrañas. De donde concluyen también los Anti-Aristotélicos, que la mayor parte de votos que tiene Aristóteles a su favor, no deben admitirse, porque no son libres.

56. Pero prescindiendo de que sea tanta, o cuanta la probabilidad extrínseca de la doctrina Aristotélica, en orden a los Elementos, digo, que bien examinada, no se halla más verosimilitud en ella que en las demás. Esta sentencia se funda lo primero en que son cuatro las primeras cualidades, calor, frío, humedad, y sequedad; de las cuales con justa proporción se atribuye una en sumo grado a cada elemento, y otra cerca del sumo. Esta prueba claudica por innumerables partes. Lo primero es totalmente voluntario dar a dichas cualidades el atributo de primeras, especialmente cuando se sabe la invencible dificultad que hay en ajustar que todas las demás resulten de ellas. Lo segundo es muy dudoso que las cuatro señaladas todas sean cualidades; pues de la humedad, y sequedad muchos Aristotélicos lo niegan, y con mucha razón. Lo que es húmedo, no es tal por cualidad alguna, sí porque tiene embebida en sus poros alguna substancia líquida; evaporada la cual, queda seco; con que la humedad es substancia, y la sequedad es precisamente la carencia de esa substancia. Lo tercero, la aplicación de ellas a los cuatro Elementos no tiene fundamento alguno. ¿De dónde consta que la agua sea fría en sumo grado? Nos matára si lo fuera. Ni aun en grado remiso; pues la experimentamos indiferente a frío, y calor, según el agente que se la aplica. Caliéntase en el fuego, y apartada del fuego se enfría; no porque tenga exigencia alguna de frialdad, sino porque la enfría el ambiente frío que la circunda. Otras muchas dificultades gravísimas hay contra esta doctrina de las cuatro cualidades: y así es sumamente fútil el fundamento que se toma de ellas, para establecer el Cuaternion de los Elementos.

57. El segundo fundamento se toma de los cuatros humores del cuerpo humano, que corresponden a los cuatros Elementos

Aristotélicos: la Sangre al Aire, la Cólera al Fuego, la Melancolía a la Tierra, y la Pituita a la Agua. Peor está que estaba. Lo primero, es dudoso entre los Médicos si los humores de nuestro cuerpo son cuatro. Unos dicen que son más; otros que son menos. Unos añaden la linfa, el suco pancreático, y el suco nervéo; otros no dejan otro humor que la sangre. Lo segundo, si los cuatro humores corresponden a los cuatro Elementos, ningún Elemento queda a quien correspondan las partes sólidas, las cuales sin embargo, por sólidas, y duras debieran imaginarse correspondientes a la tierra, con más razón que el humor melancólico, el cual tiene menos dureza, y solidez. Lo tercero, con la misma voluntariedad que se señalan cuatro Elementos, en correspondencia de los cuatro humores, se podrá señalar otro Elemento, que corresponda a la carne, otro a los huesos, otro a la médula, otro a la grasa, o substancia adiposa, otro a los tendones, &c. Lo cuarto, para razonar justamente, no sólo en el cuerpo humano, o animal, se han de buscar cuatro substancias análogas a los cuatro humores, sino en todos los mixtos; pues la cuestión es sobre Elementos, que entran en la composición de todos los mixtos, y no precisamente en la composición del animal. ¿Pero qué vestigio hay de los cuatro humores, u de cuatro substancias equivalentes a ellos en los minerales, ni aun en las plantas?

58. El tercer fundamento se toma de la experiencia. Cuando un leño se abrasa, se ve resolverse en los cuatro Elementos Aristotélicos. Al principio se destila un poco de agua: luego se enciende el fuego: al fuego se sigue el humo, el cual se conoce ser de naturaleza aérea, en que sube a la región del aire; y finalmente queda la porción térrea en la ceniza.

59. Aunque en materias de Física, y Medicina prestat unum experimentum centum rationibus, como dijo Etmulero, el experimento alegado es tan defectuoso, que no vale más que las razones arriba propuestas. Lo primero, el leño desecado es tan propiamente mixto, como el leño verde; sin embargo de lo cual no destila agua alguna puesto al fuego. Lo segundo, pues aquí se trata de los Elementos, que entran en la composición de todas las especies de mixtos, en todas deberá hacer el fuego la misma resolución que hace en el leño: lo cual no sucede, pues los minerales puestos al fuego no sudan agua alguna, salvo que hayan embebido alguna

humedad extraña. Lo tercero, los Químicos, por medio del fuego, variamente aplicado, sacan del leño, y de otros mixtos otras substancias diferentes de aquellas cuatro, que manifiesta en el leño la combustión ordinaria; por consiguiente se debe aumentar el número de los Elementos. Lo cuarto, no se sabe si aquellas cuatro substancias preexistían en el leño, o el fuego las produce de nuevo. Lo cierto es, que en el experimento propuesto lo que manifiestan los sentidos es, que aquellas cuatro substancias se hacen del leño; no que el leño se hizo de aquellas cuatro substancias; por lo menos la forma del fuego no tiene duda que se produce de nuevo, educiéndose de la materia del leño, según la doctrina corriente de los Aristotélicos. Lo quinto, la ceniza no es tierra, ni cuerpo elemental, o simple, como se supone, pues de ella se separa mucha porción de sal, la cual es substancia distinta de las cuatro, pues ni es tierra, ni aire, ni agua, ni fuego. Lo sexto, el humo tampoco es aire, como se ve en el ollín en que se condensa. Y si se me dice que en el humo van envueltas diferentes partículas unas que componen el ollín, y quedan en la chimenea, otras que vuelan más arriba, y son aire; replico, que en consecuencia de eso se habrá de señalar otro quinto Elemento de ollín, o por mejor decir, cinco, o seis Elementos más: pues Boyle nos enseña, que del ollín manejado químicamente se separan cinco, o seis substancias diferentes. Finalmente, todo lo que se hace ceniza estaba antes debajo de la forma de fuego: luego la forma de ceniza se produjo de nuevo, pues no podía estar la materia a un tiempo debajo de dos formas substanciales: por consiguiente, la forma elemental de tierra, que los Aristotélicos atribuyen a la ceniza, no preexistía en el mixto, sino que fue engendrada de nuevo. Esta objeción supone los principios Aristotélicos; pero puede formarse de otro modo en cualquiera sistema.

60. He impugnado solamente la opinión Aristotélica de los Elementos, no porque las demás no padezcan iguales dificultades, sino porque en España se supone, que las demás son difíciles, y aun improbables, y la de los cuatro Elementos se tiene por cierta, a fin de que se vea, que nada sabemos con certeza acerca de los Elementos.

61. Ya he advertido arriba, que ignorando cuáles sean los cuerpos elementales, no podemos saber la naturaleza de los mixtos. Pero aun cuando supiésemos cuáles son aquéllos, siempre quedaríamos en una profunda ignorancia filosófica de unos, y otros. Doy que sean Elementos de todos los mixtos los cuatro nombrados, Aire, Fuego, Tierra, y Agua; ¿quién averiguó hasta ahora la naturaleza de estos cuatro cuerpos? Aristóteles sólo discurrió sobre sus cualidades; y aun esto con tan poca seguridad, que todo cuanto dijo se puede poner en duda (no habiendo principio sólido de donde se infiera, que tengan las que él les atribuye, sí sólo una proporción ideal, que asentó bien a su imaginación), y en parte convencerse de falso. Dice que el Aire es caliente debajo del sumo grado, y el fuego seco también debajo del sumo grado. Pero en las Paradojas Físicas probamos que el aire no es caliente. Y según definió Aristóteles la humedad, se infiere que la llama es húmeda, pues no se contiene en sus propios términos, sino en los ajenos. También probamos en las Paradojas Físicas, que el fuego elemental no es caliente en sumo grado. Y a lo dicho allí añadimos ahora, que un fuego es más caliente que otro, como muestra la experiencia en la mayor actividad que tiene para calentar, y encender, o por razón de su mayor mole, o por la más apta materia en que se fomenta: de donde se infiere, que el fuego por su naturaleza no es cálido in summo; pues a serlo, como en cualquiera fuego se salva la naturaleza de fuego, cualquiera fuera cálido in summo; y así no podría ser excedido por otro fuego el calor.

62. Aristóteles, pues, no hizo más que señalar a sus cuatro Elementos unas cualidades, o falsas, o inciertas, dejando intacta la naturaleza substancial, que las radica. Los que le sucedieron en todos los siglos posteriores, si intentaron más, no alcanzaron más. Los Sectarios del mismo Aristóteles se contentan con decir de los Elementos lo que dicen de todos los demás compuestos naturales; esto es, que constan de materia, y forma físicas, entes incompletos, distintos real, y adecuadamente uno de otro. En lo cual, aun cuando sea así, nada se nos enseña, entretanto que no se explica cuál es, o qué naturaleza específica tiene la forma física de cada compuesto natural. Pero aun esto mismo, dicho en aquella generalidad, lo combaten fuertemente los Filósofos modernos, los cuales encuentran

una dificultad incomprehensible en la generación de las formas materiales, no pudiendo entender que su producción deje de ser verdadera creación; porque el recurso de los Aristotélicos a la educción de la potencia de la materia, no contiene sino voces desnudas de todo significado real. Y a la verdad, habiendo dicho Aristóteles que la forma es uno de los principios del ente natural, y que los principios son aquellos que no se hacen de sí mismos, ni de otro ente alguno: *Qua nec ex se, nec ex aliis; sed ex quibus omnia fiunt*: ¿cómo puede componerse que la forma se haga de la materia?

63. Pero los modernos, que tanto vocean contra Aristóteles, ¿han por ventura alcanzado la verdad? Nada menos. Discurrieron con más osadía, no con más felicidad. Dícennos, que la textura, colocación, figura, y movimiento de las partículas de la materia hacen todo el ministerio de la naturaleza, sin ser necesario recurrir a formas substanciales, ni accidentales; en lo cual (sobre incidir en el mismo vicio que reprehenden en los Aristotélicos de hablar generalmente, pues como éstos no explican, u definen la forma substancial, que distingue un ente de otro, tampoco aquéllos determinan qué textura, coordinación, y figura de partículas es propia de cada compuesto) se envuelven innumerables dificultades, que recíprocamente se objetan unos a otros. El sistema Cartesiano parece quimérico a Gasendistas, y Maignanistas; y estos dos últimos partidos, aunque acordes en señalar los átomos por principios, y Elementos de todas las cosas materiales, se oponen sobre varios capítulos, siendo el principal el que los Maignanistas quieren que los átomos sean diferentes en especie, los Gasendistas sólo en figura, y todos tienen contra sí terribles argumentos.

64. De lo discurrido hasta aquí se colige con evidencia, que nada sabemos de la naturaleza del ente moble, que es el objeto de la Física, ni tomado en concreción a los individuos, ni considerado en las especies, ni abstraido en los géneros, o ínfimos, o subalternos, o supremo. Nada afirman unos, que no nieguen otros; y lo peor es, que cualquiera Secta que se considere, se hallará que son mucho más fuertes los argumentos que tienen contra sí, que las pruebas a su favor. Por esto dijo discretamente Lactancio, que los Filósofos tienen espada, pero no escudo: Gladium habent, scutum non habent (lib. 3, Divin. Instit. cap. 4). Tienen argumentos penetrantes, con que herir a las opiniones opuestas; pero no soluciones sólidas, con que defender las suyas. ¿Qué hemos, pues, de hacer, sino suspender el asenso hasta que un Angel decida el litigio?

65. Diráme acaso alguno, que la naturaleza substancial de las cosas está muy distante de nuestros ojos, y que así no es mucho que no haya penetrado hasta aquellos íntimos senos la Filosofía; pero que sin llegar allí, tiene ésta harto en que ejercitarse, explicando los ordinarios fenómenos de la naturaleza, y descubriendo sus causas próximas: lo que felizmente ejecuta, discurriendo por todas las especies de movimiento, que es el ejercicio del ente moble en cuanto tal.

66. Yo confesaré que la Filosofía discurre por los fenómenos naturales, e inquiere sus causas inmediatas; pero palpando siempre sombras, tropezando en ignorancias, y dudas, exceptuando muy pocas verdades, que ha debido a la luz de la experiencia. Evidenciaráse esta verdad en la misma materia del movimiento que se nos alega.

67. En cuanto a los movimientos de generación, corrupción, alteración, aumentación, y los demás que se consideran distintos del movimiento local, no hay cosa que no sea cuestionable, ya entre las varias Escuelas de los Aristotélicos, ya entre éstos, y los Filósofos modernos. La misma definición del movimiento en común que dio Aristóteles, rechazan unos por obscura, otros por implicatoria, otros por nugatoria. Los movimientos señalados son en la opinión de los Aristotélicos unas adquisiciones de nueva forma, o substancial, o

accidental; pero los modernos, que niegan toda forma material, contradicen que se dé ese carácter a aquellos movimientos. Aun entre los mismos Aristotélicos no está ajustado si el movimiento se distingue de la acción, y la pasión, como ni si aquélla se sujeta en el agente, o en el paso. Y así en todo lo demás todo es cuestión, y pendencia.

XVII

68. ¿Y qué mucho que en estos movimientos que la naturaleza ejecuta, digámoslo así, debajo de cortina, haya adelantado tan poco, o nada el discurso humano? Lo que parece puede extrañarse es, que le suceda lo mismo con todas las especies del movimiento local, estando éste tan patente a la observación.

69. El movimiento con que descienden los graves, es el que más frecuentemente incurre a nuestros ojos. ¿Y qué sabemos de éste? De sus propiedades poquísimo; de sus causas nada. Sabemos que adquiere alguna aceleración desde el punto en que empieza, porque lo vemos; pero qué proporción guarda el aumento de aceleración, es asunto de grandes debates entre Filósofos, y Matemáticos. Sabemos que es movimiento de descenso; pero aún no se sabe si se dirige al centro de la tierra, o al eje. La causa de este movimiento está tan escondida, que hasta ahora no han encontrado los Filósofos con opinión alguna en esta gran cuestión, que no sea (así me atrevo a decirlo) absurda. Los Aristotélicos, diciendo que el generante es causa de este movimiento, nada dicen, como ya noté en otra parte, sino que produce la virtud, o facultad de moverse, que tienen los graves. Esto es generalísimo a todas las especies de movimientos. Ni esto se disputa, porque se supone. Y si se quiere dar más riguroso sentido a su opinión, será la más absurda de todas; por lo cual dijo de ella el docto Padre Sagüens: Quis non palpat crasitiem hujus chymericae opinionis? Los Cartesianos recurren al movimiento vorticoso de la materia sutil, que apartándose de la tierra, por las tangentes del círculo, impele a los graves al descenso. Pero esto, sobre que se ha impugnado con eficacísimos argumentos matemáticos, supone el movimiento diurno de la tierra, sentencia condenada por la Inquisición de Roma. Gasendo inventó no sé qué efluvios de corpúsculos térreos, que subiendo por el aire, penetran los poros de los cuerpos graves; y doblándose después con movimiento contrario para el descenso, los impelen hacia abajo. Nada me ha persuadido tanto cuán grave es la dificultad de esta cuestión como el ver que un hombre de ingenio tan sutil, y tan sólido como Gasendo, recurriese para resolverla a una ficción desnuda de toda verosimilitud, y que tiene sobre sí invencibles dificultades. El Padre Maestro Maignan, con sus secuaces, echa mano también de los efluvios térreos; pero no quiere que obren por

impulsión, sino por virtud simpática, o magnética, determinando precisamente en virtud del contacto a los graves, para que desciendan.

70. El movimiento de ascenso de los cuerpos leves es muy probable, y acaso más probable ser causado por el descenso de los graves; por cuanto el cuerpo grave, haciendo fuerza con el ímpetu del descenso a ocupar el lugar inferior, donde está el cuerpo leve, le obliga a dejarle, impeliéndole hacia arriba. Así se discurre con gran fundamento que no hay levidad absoluta en cuerpo alguno, ni es menester para nada, sí sólo respectiva. Esto es, se dice un cuerpo leve, no porque carezca de gravedad, sino porque es menos grave que otro, con el cual le comparamos. De este modo se dice leve en el aire, no porque no sea grave (pues ya en el segundo Tomo, Discurso 11 demostramos que lo es), sino porque es menos grave que tierra, y agua, y todos los demás cuerpos, que nos circundan. Y que no es menester otra levidad que la respectiva, para que asciendan los cuerpos que se llaman leves, se ve claro en el aceite; el cual sin embargo de ser grave, sube, si vierten alguna cantidad de agua en la vasija en que está, obligándole al ascenso el agua, que por razón de su mayor gravedad ocupa el lugar inferior, donde estaba el aceite. Lo mismo sucede al aire. Si se abre una fosa en tierra enjuta, por profunda que sea, bajará el aire a ocuparla toda; y no habrá otro modo de hacer que el aire desocupe aquella hondura, y suba arriba sobre la superficie de la tierra, sino echar en la fosa agua, u otro cualquiera cuerpo, que sea más grave que el aire.

71. No a los principios de Física, sino a la experiencia debemos aquello poco que se sabe en esta materia: en la cual con todo restan grandes dificultades a la contemplación de los Filósofos. La mayor de todas está en averiguar la causa del ascenso de los vapores a la región del aire. Es cierto que los vapores no son otra cosa que la agua resuelta en pequeñísimas partículas. Siendo, pues, la agua más grave que el aire, ¿cómo pueden subir las partículas de agua a la altura donde se colocan las nubes? Cada partícula de aquéllas, no obstante su poquísimo peso, es mucho más pesada que otra partícula de aire de igual volumen; y la mayor, o menor gravedad de los líquidos, para el efecto de impelerse uno a otro, se computa, no según el todo de ellos, sino según partes de igual mole: que por eso una libra de agua hace subir en la vasija una arroba de aceite.

72. Algunos Filósofos, que se hicieron cargo de esta gravísima dificultad, se echaron a adivinar, que alguna porción de materia etérea, o aire purísimo se pega a cada partícula de vapor; de suerte que el conjunto de los dos sea más leve que igual cantidad de este aire inferior, y grosero de nuestra atmósfera, y por eso sube sobre ella: así como aunque el hierro es mucho más pesado que la agua, si se une una pequeña porción de hierro a una tabla de pino, o abeto, sobrenadará en ella; porque el conjunto de pino, y hierro es más leve que igual cantidad de agua. Francisco Bayle concibe la porción de materia etérea, circundando la partícula de vapor. El Padre Pardies, Jesuita Francés, supone al contrario, que la partícula de vapor, extendida en forma de sutilísima ampollita, contiene en su concavidad a la materia etérea. Todo es harto inverosimil. Pero no puedo detenerme a impugnar, ni uno, ni otro modo de discurrir. Otros opinan que varias partículas ígneas, que ascienden de la tierra, después de separar de la agua, u de otro cualquiera líquido aquellas pequeñas partículas que llamamos vapor, con su continua agitación las van impeliendo hacia arriba. Tampoco esto me parece muy defensable. Pero menos que todo lo es lo que dicen los Filósofos vulgares, que el Sol con su actividad atrae los vapores. Si fuese así, los vapores no pararían hasta llegar al Sol, o por lo menos hasta topar en la Luna, o en el Cielo de la Luna, en caso que éste sea sólido: pues la fuerza atractiva, tanto es más robusta, cuanto el cuerpo atraído más cerca está del atraente: y aquél no cesa de moverse hacia éste, hasta lograr el contacto, si no se interpone algún estorbo. Fuera de que la virtud atractiva es una quisicosa, que nadie entiende; y así está ya casi del todo desterrada de la Filosofía.

73. ¿Quién no admira que en un fenómeno tan ordinario, como es el ascenso de los vapores, no hayan atinado los Físicos, no digo con el punto fijo de la verdad, pero ni aun con cosa que aquiete tanto cuanto al entendimiento? El caso es, que en todas las demás especies de movimiento sucede lo propio.

XVIII

74. ¿Sábese por ventura la causa del movimiento elástico, que es aquel con que una vara violentamente encorvada, si la dejan libre, por sí misma recobra la rectitud que tenía antes, o si estaba naturalmente encorvada; y la pusieron recta, se restituye a su figura corva? Descartes recurre a su asilo común del impulso de la materia sutil, la cual no pudiendo penetrar los poros de la vara por la parte por donde se angostaron con la inflexión, con la fuerza que hace a ensancharlos para abrirse tránsito por ellos, mueve a la vara a recobrar su antigua figura. ¿Pero quién no ve que para esto es menester suponer que la materia sutil se está moviendo siempre hacia todas partes con encontrados movimientos de Oriente a Poniente, y de Poniente a Oriente, de arriba abajo, y de abajo arriba? &c. Pues la vara hacia cualquiera parte que se coloque con la cara por donde están los poros angostados, igualmente recobra la figura natural. Fuera de que suponiendo Descartes infinitamente fluída la materia sutil, no puede haber poros angostos para ella.

75. Otros dicen que el mismo ímpetu, que imprime a la vara el que la dobla, es el que la desdobla después. Pero contra esto está lo primero, que el que dobla la vara comúnmente lo hace con un ímpetu remiso, y tardo; y el ímpetu que la desdobla después es violento, y veloz. Lo segundo, que el flechero, que dobla el arco, no tiene fuerza igual a aquella con que éste se desdobla; la cual es tan grande, cuando la cuerda se pone muy tirante, que pasa un cuerpo de parte a parte: ¿cómo puede dar la fuerza, o impulso que no tiene?

76. Los Aristotélicos, bien hallados con la descansada invención de dar nombre de cualidad, virtud, o facultad a la causa que se inquiere, añadiéndole un adjetivo, que es denominación tomada del efecto, dicen que la causa del movimiento elástico es la virtud elástica de la vara, u del muelle. Esto verdaderamente es haber hallado la llave maestra para abrir todos los retiros de la naturaleza, porque no hay causa alguna tan oculta que con esta invención no se manifieste. Si se pregunta cuál es la causa de los maravillosos movimientos del Imán, se responde que la virtud magnética. Si se pregunta qué causas obran en nosotros la cocción de los alimentos, la expulsión de los excrementos, la nutrición, &c. se responde con una virtud concoctriz, otra virtud expultriz, otra nutritiva. Del

mismo modo la causa de los vientos será una virtud ventífica, la del rayo una virtud fulminante, del flujo, y reflujo del mar, dos virtudes encontradas, una fluxiva, otra refluxiva. Con este baratísimo modo de filosofar todo está averiguado a la primera ojeada. Pero hablando de veras, esto ¿qué otra cosa es que responder con lo mismo que se pregunta? Decir que la causa del movimiento elástico es la virtud elástica, formalísimamente es decir que la causa del movimiento elástico es la causa del movimiento elástico. Decir que la virtud magnética es quien causa en el Imán la atracción del yerro, es responder con aquella gracia que tienen estudiada algunos niños, los cuales, si alguno les pregunta: Muchacho, ¿de quién eres hijo? Responden: De mi padre.

77. El movimiento de proyección envuelve también grandes dificultades. Es arduísimo de entender cómo en una piedra disparada de la mano subsiste el movimiento, cesando la acción del motor. ¿Quién mueve la piedra cuando ya está parada la mano? Lo que dicen muchos Aristotélicos, que la mano produce en la piedra una cualidad que llaman ímpetu, y esta cualidad es quien mueve la piedra separada de la mano, carece de toda apariencia de verdad. Si todo movimiento violento proviene, como dicen los mismos Aristotélicos, de causa extrínseca, ¿cómo siendo el movimiento de la piedra arrojada hacia arriba violento, puede nacer de una cualidad intrínseca, o inherente a la misma piedra? Si toda generación, según la misma Escuela, supone corrupción, ¿qué cualidad, o forma accidental se corrompió en la piedra para que se engendrase aquella nueva cualidad, que llaman ímpetu? ¿Qué disposiciones precedieron a esta generación? ¿O qué tiempo hay para que precedan, cuando un globo grande con su movimiento impele a otro pequeño, siendo cierto que sólo un instante dura el contacto de los dos? ¿Qué contrario tiene aquella cualidad, que ocasione tan presto su corrupción? ¿Acaso la gravedad de la misma piedra? Pero ésta, pues subsistía al tiempo de darla impulso, si es contrario de aquella cualidad, impediría entonces su generación, como después se dice que impide su conservación. Otras muchas reflexiones se pueden hacer para probar que aquella cualidad es quimérica. Otros recurren al medio por donde se hace el movimiento, v. gr. el aire, el cual dicen, que impelido por las partes anteriores de la piedra, se mueve en giro hacia las posteriores, y las impele. Pero (omitiendo otras muchas impugnaciones, que hacen totalmente improbable este modo de filosofar) de aquí se seguiría, que la piedra no se podría mover por un espacio vacío de todo cuerpo, por más recio impulso que la diesen, lo cual pienso que nadie creerá. Descartes compone esta dificultad con su máxima general de la ley de comunicación del movimiento, establecida por el Autor de la naturaleza: la cual no combatiremos ahora por no detenernos. Sólo notaremos, que aquella máxima aplicada a la materia presente, y bien desentrañada, lo que directamente significa es, que la piedra arrojada se mueve, porque Dios quiere que se mueva: y para resolver de este modo la dificultad no es menester estudiar Filosofía.

78. En fin, no hay movimiento alguno, sobre cuya causa no alterquen los Filósofos. ¡Qué contiendas no hay sobre explicar cómo se hacen los movimientos de rarefacción, y condensación! Unos quieren que la rarefacción se haga ocupando la misma cantidad de materia, mayor espacio; lo cual teniendo otros por ininteligible (pienso que con razón), constituyen la rarefacción en la disociación de las partes del cuerpo, y mayor extensión de poros, donde se introduce otro cuerpo más líquido, o sutil, como en los poros de la esponja el agua, en los de la agua enrarecida el aire, en los del aire enrarecido la materia etérea, según los Cartesianos, o nada, segun Gasendistas, y Maignanistas: porque éstos, como admiten en la naturaleza, no sólo como posible, sino como existente, y preciso, el vacuo diseminado en pequeños intersticios, no hallan inconveniente en dejar en los cuerpos poros vacíos de toda materia.

79. La fermentación, solemne instrumento de la naturaleza, para infinitas obras suyas, no consiste en otra cosa que en un movimiento intestino de las partículas insensibles de los mixtos, con que solícita nueva combinación de sus elementos. ¿De dónde viene este movimiento? Los modernos después que Otón Takenio descubrió el Acido, y Alkali, al encuentro de estas dos substancias atribuyen todas las fermentaciones. Pero esto no sólo es señalar la materia, en que se ejercita el movimiento; y no preguntamos aquí por la causa material, sino por la eficiente. ¿Quién impele a esa lucha al Acido, y al Alkali? El mosto, recién exprimido de las uvas, tranquilo está por algún tiempo. Después empieza a tumultuar. ¿Qué nuevo agente hay aquí, que concite las partículas del mosto? Secreto es éste, con quien sólo se han atrevido los Cartesianos, acudiendo a su invisible duende de la Materia sutil, a la cual hacen autora de aquella sedición doméstica. Duende la he llamado con alguna propiedad; porque como los vulgares atribuyen al duende todos los movimientos, y estrépitos nocturnos, cuya causa ignoran, así los Cartesianos reducen todo los movimientos de la naturaleza (que verdaderamente son nocturnos por las tinieblas que esconden sus causas) al impulso de la materia sutil.

80. Yo estoy tan lejos de creer que la materia sutil lo mueve todo, que me inclino mucho a pensar que nada mueve. El fundamento es

el siguiente. Cuanto una materia es más fluida, tanto menos impulso imprime en los cuerpos que encuentra. Así vemos que el agua hace mucho menos violento choque en una pared, que cualquiera cuerpo sólido de igual mole; el aire mucho menos que el agua. Ningún edificio resistiera a una mediana agitación del viento, si fuese tan sólido como el agua el aire. Luego siendo la materia sutil infinitamente fluída, según los Cartesianos, no puede imprimir impulso, o movimiento alguno en los cuerpos que encuentra. Es clara esta consecuencia; porque si a proporción del aumento de la fluidez se minora el impulso, llegando la fluidez a infinita, el impulso se quita del todo. De aquí se sigue, que no habrá cuerpo alguno que no se esté inmóvil a los embates de la materia sutil.

81. Pero démosle la fuerza para mover las partículas insensibles de los mixtos, que pretenden los Cartesianos; ni por eso se logra con ella la explicación del presente fenómeno. Lo primero, porque la materia sutil ejercita su impulso (si le tiene) en las partículas del mosto, desde el instante que éste se exprime, y aun antes, cuando el licor estaba contenido en el capullo de la uva. ¿Cómo, pues, desde antes no excita aquel tumulto, en que consiste la fermentación? Lo segundo, ¿qué pueden conducir para este efecto los Acidos, y Alkalis? De cualesquiera partículas, que consten los mixtos, las pondrá en movimiento la materia sutil; pues no hay mixto alguno impenetrable a su suma sutileza. Lo tercero, ¿cómo pueden atribuirse al rápido, y veloz movimiento de la materia sutil aquellas tardísimas fermentaciones que necesitan para absolverse del curso de algunos años, como la de la Triaca?

XXI

82. Dice discretamente San Agustín, que lo más admirable no se admira cuando lo toca muchas veces la experiencia: máxima que el Santo aplica a las maravillas de la naturaleza, y viene derechamente a nuestro asunto. Todos los Filósofos admiran como cosas portentosas el vuelo del hierro al Imán, la dirección del Imán al Polo, el flujo, y reflujo del Océano. Si les preguntamos por qué tienen por admirables estos movimientos, nos responderán que porque no han podido averiguar sus causas. Véis aquí que esta respuesta es una virtual confesión, de que cuantos movimientos hay en la naturaleza, son igualmente admirables que los del hierro, del imán, y del Océano, pues igualmente se disputan sus causas, porque igualmente se ignoran. La diferencia sólo está en que estos movimientos son propios de determinados entes, y aquéllos son comunes, o casi comunes a todos.

83. Yo por mí confieso, que por cualquier parte que miro a la naturaleza, igualmente la admiro, porque igualmente la ignoro. El mismo San Agustín, a quien acabamos de citar (tract. 24, in Joan.) tiene por igualmente prodigiosa aquella multiplicación ordinaria de los granos, que mediante la fecundidad de la tierra se logra en las mieses, que aquella extraordinaria multiplicación de panes, y peces, que en el Desierto hizo la majestad de Cristo. Venga ahora el Filósofo jactancioso a vendernos que tiene descifrado aquel gran misterio, sólo porque trae un aderezo completo de voces facultativas: Virtud seminal, Disposiciones previas, Corrupción de una forma, introducción de otra, Atracción del jugo nutricio, Conversión de el en la propia substancia, Vegetación, Nutrición, &c. ¿Ignoraba por ventura Agustino estas voces, u otras equivalentes? Sin embargo, tenía por un misterio impenetrable aquella multiplicación natural del grano. Dichas voces sólo significan aquellas operaciones, que están patentes a nuestra experiencia, sin revelar sus causas, o el modo con que se hacen. Los rústicos saben muchas más voces que nosotros, significativas de las varias operaciones con que la naturaleza sucesivamente va perfeccionando aquella obra. ¿Son por eso unos grandes Filósofos? ¿Qué logro yo con llamar vegetación, o nutrición aquella operación con que una planta logra su aumento? ¿Esto me da algún conocimiento filosófico del modo con que se hace aquella operación? Dos cosas se pueden

considerar en la vegetación: la primera, el ascenso del jugo nutricio por las fibras de la planta: la segunda, la conversión de este mismo jugo en la substancia vegetable; y véis aquí en estas dos cosas dos grandes misterios. Si preguntamos a los Filósofos de la Escuela, cómo el jugo nutricio, siendo grave, espontáneamente sube hasta la cúpula de los árboles más altos; nos dicen, que sube por atracción. Y esto ¿qué otra cosa es, que colocarnos en la comunísima obra de la vegetación toda la dificultad, que tiene el movimiento del hierro al imán? Una, y otra llamamos atracción, e igualmente ignoramos por qué las hojas más altas de un árbol atraen el jugo, que está en las entrañas de la tierra, que por qué el imán atrae al hierro.

84. Vamos al segundo misterio. ¿Quién me explicará el modo con que un jugo sumamente fluído, sutil, y delicado, cuanto es menester para transcolarse por los angostísimos canales de las fibras, se convierte en la solidez de leño, de grano, &c.? Crece la dificultad, si volviendo los ojos a otros mixtos, se advierte, que de otro jugo, o vapor fluidísimo se forman también los bronces, y los mármoles. Cierto que dijo Aristóteles con algún fundamento, que la naturaleza es demonia: Natura doemonia est; non divina (lib. de Praesens. per somnum); pues mirando con atención sus obras, todo parece que lo hace por vía de encanto.

85. Aun fuera algún consuelo de nuestra ignorancia, si sólo se nos escondiese el modo con que la naturaleza obra allá en lo interior de los cuerpos. Lo más sensible es, que lo propio nos sucede con todo aquello que inmediatamente presenta a nuestros sentidos. Estamos palpando el cuerpo Cuanto; pero hasta ahora no sabemos si se compone de puntos indivisibles, u de partes infinitamente divisibles, ni en qué consiste ser un cuerpo duro, o blando, sólido, o fluído, opaco, o diáfano. Estamos viendo los colores, y hasta ahora no sabemos qué cosa son los colores; si unas meras reflexiones de la luz, o accidentes intrínsecos del objeto. La luz nos alumbra para ver, y es obscurísima respecto de nuestro discurso la naturaleza de la luz. Que la concibamos substancia, que accidente, que cuerpo, que espíritu, nada la asienta bien, y todo parece que la asienta. ¿Y de cuántas dificultades impenetrables están rodeadas las especies que llamamos visibles? Si hay desigualdad entre los misterios de la Filosofía, atrévome a decir que éste es el más alto de todos. ¿Cómo la especie visible de una Estrella del Firmamento en un instante se traslada desde la misma Estrella a nuestros ojos, caminando en ese instante muchos millones de leguas? ¿Cómo esa especie existe a un tiempo en todo el inmenso espacio que hay de aquí al Firmamento, siendo cierto que en todo este espacio no hay punto alguno, en el cual, colocada la vista, no perciba la Estrella? ¿Cómo siendo materiales esas especies existen muchas, sólo distintas en número, contra la máxima común Aristotélica, en un mismo punto del espacio; pues es cierto, que de un mismo punto se ven distintamente muchas Estrellas? Omito las dificultades que hay contra el modo de discurrir de los modernos, que no son inferiores a las propuestas contra la sentencia común.

86. De modo, que nuestra Filosofía no es otra cosa que un tejido de falibles conjeturas, desde los que llamamos primeros principios hasta las últimas conclusiones. Y aun estas conjeturas se terminan en ciertas nociones universales; porque todas las naturalezas específicas, y aun las más de las razones genéricas ínfimas están tan lejos de nuestro conocimiento, que ni aun las tocamos con la duda. Si alguna verdad alcanzamos, o la debemos a la experiencia, y éste ya no es conocimiento científico, o es tan per se nota, que la perciben aun los hombres más estúpidos; con sola la diferencia, de que nosotros, los que nos llamamos Filósofos, la explicamos con voces facultativas, y ellos con términos vulgares, que son mejores, porque son más   inteligibles. Por eso dijo el muy sabio Jesuita Claudio Francisco Dechales, que nuestra Física nada contiene, sino un idioma particular, el cual no da conocimiento cierto de cosa alguna (tom. 1, tract. de Progressu Matheseos).

87. ¡Triste cosa es, que los que se llaman Profesores de Filosofía en las Escuelas, no sepan más de las naturalezas de las cosas que los vulgares! ¿Pero qué sería, si yo dijese ahora que aun saben menos? Parecería una extravagante Paradoja. Sin embargo, es una proposición verdaderísima, y de fácil prueba; porque la experiencia es, como hemos dicho, el único conducto para saber algo de la naturaleza; y sólo experimentan la naturaleza los que en varios ministerios mecánicos manejan varios entes naturales; no los que divertidos en especulaciones, viven retirados en las Escuelas. El Pescador sabrá algo de las propiedades de los peces; el Piloto de los vientos, y los Mares; el Cazador de las aves, y las fieras; el Labrador de la generación, y aumento de las plantas. Pero el Filósofo ¿qué sabe? Dudar de todo, y nada más. Así que la Aula de la Física es un Teatro, donde sólo se enseña a dudar sin término. Digo sin término, porque nunca llega el caso de pasar de la duda a la certeza. Vese esto claro, en que las mismas cuestiones, que se disputaban doscientos años ha, se disputan hoy con la misma fuerza que entonces. Si algún desengaño, o conocimiento cierto se ha adquirido en orden a uno, u otro teorema físico, no nació en el Aula; vino de afuera a beneficio de la experiencia. Si se sabe hoy que el aire es pesado, gracias a los experimentos de Torricelli, Monsieur Pascal, Oton Guerrico, y Boyle. Si se asegura que la sangre circula por

venas, y arterias, lo debemos a las observaciones Anatómicas de Fr. Pedro Pablo de Sarpi, y de Guillermo Harveo. Si consta que el chilo no va al hígado, sino al corazón, ¿quién averiguó esta verdad sino la oficiosa práctica de Juan Pequeto, Tomás Bartolino, y el Ingles Lowero? La experiencia ha sido el único Juez árbitro que ha terminado algunas lides, o desterrado algunos errores de las Aulas. Donde todo se deja a la especulación, y al raciocinio, siempre el pleito está pendiente. Pasa un siglo, y otro siglo oyéndose los mismos gritos, los mismos argumentos, las mismas distinciones; y el tesón de las partes contendientes se va transfiriendo, como por sucesión hereditaria, de unos en otros profesores, sin que haya esperanza, ni de victoria, ni de ajuste.

88. De esta conocida ignorancia nuestra podemos deducir una reflexión muy útil para observar constantes la sujeción debida a los sagrados Dogmas de la Fe. El mayor enemigo de la Religión es la desordenada confianza de la razón. El que llega a apreciar nimiamente su propio discurso, tiene puesta su creencia sobre el borde del precipicio. En cuantos Heresiarcas hubo hasta ahora, fue trascendente esta vanidad. En los demás vicios, fueron desemejantes: en éste todos acordes. Ni todos fueron lascivos, ni todos avarientos, ni todos ambiciosos; pero todos presumieron mucho de su discurso. ¿Y qué antídoto más eficaz contra esta altivez loca, que la reflexión de lo poco, o nada que alcanzamos en materias de Filosofía? Quien conoce que no puede penetrar los misterios de la Naturaleza, ¿cómo presumirá sondear los de la Gracia? Necesariamente desconfiando de su razón, se rendirá obsequioso a la autoridad. El Filósofo Anaxágoras, a quien por su extraordinaria sutileza antonomásticamente llamó Mente, o Espíritu la antigüedad, después de trabajar infinito en la Filosofía, decía, que la naturaleza toda estaba circundada de tinieblas: Anaxagoras pronuntiat circumfussa esse tenebris omnia (Lact. lib. 3, Divin. Instit. cap. 28.) Y noto que este Filósofo, que conocía impenetrable a su discurso la naturaleza, fue (si creemos a Aristóteles, Laercio, y Plutarco) el primero entre los Filósofos, que conoció la indispensable necesidad de una Inteligencia suprema autora de todo. Al contrario, los que jactanciosos se lisonjearon de descubrir a la naturaleza todos sus fondos, negaron por la mayor parte, o la existencia, o la providencia a la Deidad.

89. Lo que de mí puedo asegurar es, que después de la Gracia Divina, la arma más valiente, que siempre he tenido para vencer todas aquellas dificultades, que la razón natural propone contra los Misterios de la Fe, ha sido el conocimiento de mi ignorancia en las cosas naturales. ¡Válgame Dios! (digo muchas veces hacia mí) ¿cómo he de entender aquellas maravillas, que usando de su poder extraordinario, obra la mano Omnipotente, si no alcanzo los efectos comunes de su poder ordinario? Es verdad que ignoro cómo una Persona Divina pudo unirse a la naturaleza humana. Pero también ignoro cómo una alma espiritual se puede unir al cuerpo material. Sin embargo, esto es cosa de hecho, y pasa dentro de mí mismo. No

percibo cómo el pan puede convertirse en el Cuerpo, y el vino en la Sangre de Cristo. Pero tampoco percibo cómo una misma agua, que cae del Cielo, se convierte no en uno, u otro cuerpo, sino en cuantos cuerpos animales, y vegetables hay acá abajo. En la controversia más plausible de la Teología me hallo sumamente embarazado; porque si me pongo de parte de la Providencia, me oprimen los terribles argumentos, que hay a favor de la libertad; si me pongo de parte de la libertad, me hacen cruda guerra los argumentos que hay a favor de la Providencia. ¿Pero no estoy viendo esto mismo, y aun con más aprieto, en la vulgar controversia filosófica de la composición del Continuo, donde cualquiera sentencia, que se lleve, no se halla otra respuesta a los argumentos contrarios, sino enredar la disputa con voces? ¿Dónde si defiendo con Aristóteles la infinita divisibilidad del Continuo, no puedo escaparme de conceder en mi mente (aunque no lo haga con la boca, por no darme por concluido) infinito número de partes? ¿y si con Zenón le compongo de indivisibles, me dejan, no sólo sin respuesta, pero aun sin aliento los argumentos matemáticos, que se forman en la diagonal del cuadrado, en el movimiento de las dos ruedas concéntricas unidas, y otros?

90. Si en estas cosas naturales (digo otra vez), que están patentes a mis ojos, y estoy palpando con mis manos, ocurren mil dificultades insuperables a mi entendimiento, ¿con cuánta más razón deberá suceder lo mismo en las sobrenaturales, que están totalmente fuera de la esfera de los sentidos? Si por más que discurra, no percibo, cómo puede Dios hacer infinitas cosas, las cuales veo, que está haciendo cada día, ¿no será locura negar, y aun dudar la existencia de las cosas reveladas, sólo porque no percibo cómo Dios las pudo hacer? Si hubiese un hombre, que no viendo por la cortedad de su vista los objetos que tiene muy cerca de sí, pretendiese ver los que distan millares de leguas de sus ojos, e infiriese que tales objetos no existen, sólo porque él no los ve, ¿no le declararían todos por fatuo? Esta es puntualmente la locura de los que niegan los misterios revelados, sólo porque ellos no los alcanzan. Hombrecillo torpe, y rudo, si a la cortedad de tu discurso es totalmente impenetrable la fábrica de estos materiales compuestos, que estás tocando todos los instantes, ¿cómo quieres comprehender el modo inefable con que la Omnipotencia hizo aquellas sobrenaturales maravillas? Dirásme que no hallas solución a los argumentos, que el Gentil te propone contra

el misterio de la Trinidad, o contra el de la Encarnación. Y yo te repongo, que tampoco la hallas a los que te propone el Filósofo contra la composición del Continuo, cualquiera sentencia que lleves en esta materia. ¿Concederás por eso, que el Continuo no se compone, ni de partes divisibles, ni de indivisibles? Ya se ve que no. Pues igual, y aun mayor delirio será negar la verdad de aquellos misterios, sólo porque tú no puedes desatar las objeciones. ¡Bueno fuera que un poder infinito se conmensurase a tu limitada comprehensión; o que Dios no pudiese obrar, sino lo que tú puedes entender!

91. Ningún Aquilón tan prontamente disipa las nubes que escondían la luz del Sol, como estas reflexiones serenan las dudas, que la razón natural opone a los misterios de la Fe. Dejen, pues, los presuntuosos Dogmáticos de morder el Escepticismo, como mal avenido con la Religión. Digo el Escepticismo contraído precisamente a los términos de la Física; pues éste, bien lejos de perjudicar a la creencia, contribuye a hacerla más firme, removiendo el estorbo que la presunción de la razón natural pone a la humilde docilidad, tan necesaria para tener al entendimiento en la sujeción debida a la revelación.

92. Ocasionan grave daño, no sólo a la Filosofía, mas aun a la Iglesia estos hombres, que temerariamente procuran interesar la doctrina revelada en sus particulares sentencias filosóficas. De esto se asen los Herejes para calumniarnos de que hacemos artículos de Fe de las opiniones de la Filosofía; y con este arte persuaden a los suyos ardua, y odiosa nuestra creencia. En esto se fundan algunos Extranjeros, cuando dicen que en España patrocinamos con la Religión el idiotismo. Poco ha que escribió uno, que son menos libres las opiniones en España, que los cuerpos en Turquía. Para que se guarde el respeto debido a lo sagrado, es menester no confundirlo con lo profano. Si alguno erigiese las habitaciones todas en Templos, sería autor de que a los Templos se perdiese la reverencia, y el decoro. Jueces tiene la Iglesia para calificar cuáles doctrinas son útiles, cuáles perniciosas, y cuáles indiferentes. Déjese a ellos la decisión, y no sean perturbados los que sinceramente buscan la verdad con estos espantajos, que les opone la parcialidad, y la facción; tal vez la ira de los que dieron su nombre a alguna

particular Escuela, o la envidia de los que no pueden adelantar
tanto.

93. Ya que hemos mostrado que no hay ciencia alguna física, o conocimiento demostrativo de las cosas naturales, se puede dudar, si por lo menos le puede haber. El doctísimo Valles resuelve que no, porque el conocimiento físico es de singulares, y de los singulares no se da ciencia. Pero este fundamento ya arriba mostramos que es insuficiente.

94. Más fuerza pueden hacer dos autoridades del Eclesiastés, que alegan a su favor los Escépticos. La primera del capítulo 3: *Cuncta fecit bona in tempore suo, & mundum tradidit disputationi eorum, ut non inveniat homo opus, quod operatus est Deus ab initio usque ad finem.* La segunda, aún más formal, y precisa del capítulo 8: *Et intellexi, quod omnium operum Dei nullum possit homo invenire rationem eorum, quae fiunt sub Sole: & quanto plus laboraverit ad quaerendum, tanto minus inveniat, etiamsi dixerit sapiens, se nosse, non poterit reperire.* Más a la verdad estos Textos, cuando afirman la imposibilidad de hallar la razón de los efectos naturales, pueden ser entendidos de la razón providencial, no de la natural, y física. De hecho, así lo entienden algunos Padres, y Expositores.

95. Otros arguyen por la parte contraria, que el apetito de saber las causas de los efectos naturales es natural al hombre, o índito por la misma naturaleza; y no pudiendo el apetito natural terminarse a cosa imposible, se sigue que es posible conseguir la ciencia de que hablamos. A este argumento responde Valles, que es absolutamente posible; pero no en la vida presente, sino en la venidera; en la cual los Bienaventurados verán en Dios clarísimamente todas las cosas. Esta solución tiene sobre sí la dificultad, de que así como el apetito natural no puede terminarse a objeto imposible, tampoco puede terminarse a objeto sobrenatural; y la ciencia, que los Bienaventurados tienen de las cosas naturales, es entitativamente sobrenatural; porque depende efectivamente del lumbre de gloria.

Con todo se puede decir que a la alma separada del cuerpo, prescindiendo de la bienaventuranza sobrenatural, y del lumbre de gloria, le es debido el conocimiento cierto de todas las cosas materiales, por especies infusas del orden natural, como sienten Egidio Romano, el Padre Suárez, y otros; y siendo este conocimiento natural, puede ser objeto del apetito natural de ciencia que hay en esta vida mortal.

96. Empero, no dejaremos de notar aquí que aquel argumento no necesita de esta solución, por cuanto procede sobre un falso supuesto, no advertido por Valles: y es, que el apetito de conocer filosóficamente las cosas, sea natural, o índito al hombre por la naturaleza. Si lo fuese, todos los hombres tendrían este apetito, lo cual no sucede; antes los más no tienen inclinación alguna a la Física; y muchos desprecian como inútil, vana, y nada deleitable la aplicación a las especulaciones filosóficas. Es verdad que todos los hombres desean saber; pero este apetito no se termina en todos a un mismo objeto, o a una misma clase de objetos. Las almas generosas aman generalmente la verdad. Pero los más de los hombres sólo ansían saber aquellas cosas, cuyo conocimiento puede contribuir a la satisfacción de sus pasiones.

97. Hemos visto la poca fuerza de los argumentos, que por una, y otra parte de forman en la duda insinuada. Por lo cual yo no me atrevo a dar la sentencia. Ni yo sé, ni nadie puede saber, sin revelación, los límites justos del entendimiento humano en orden a las cosas naturales. Aunque hasta ahora los varios sistemas filosóficos, que se han inventado, padezcan, o grandes dudas, o declaradas nulidades, ¿quién sabe si en adelante puede descubrirse alguno tan cabal, tan bien fundado, que convenza de su verdad al entendimiento? Lo que creo es, que si esto se puede lograr, es más verosímil conseguirse usando del método, y órgano de Bacon. Bien es verdad, que éste es tan laborioso, y prolijo, que casi se debe reputar moralmente imposible su ejecución; pues es por lo menos

preciso que los Monarcas de un poderosísimo Reino (v.gr. el de Francia), por espacio de más de cien años, aplicando a este fin grandes tesoros, hagan trabajar en innumerables experimentos, y en razonar sobre ellos, con distinción de varias clases, y empleos, aunque todos subordinados debajo de planta arreglada, a más de cuatrocientos hombres hábiles. ¿Cuándo se logrará esto? La Academia Real de las Ciencias de París, la Sociedad Regia de Londres, no son más que un rasguño del gran proyecto de Bacon.